A GAROTA DO CASAMENTO

EVA GONZAY

Capítulo 1

— Você tem que ir, Vega — minha mãe insiste pela terceira vez.

— De jeito nenhum, mãe, eu não pinto nada lá.

— Como é que você não pinta nada? — pergunta exasperada — eles são sua família.

— Tios e primos distantes que só vi duas vezes na vida não podem ser exatamente considerados família, mãe. Eu nem me lembro como eles se parecem — acrescento dramaticamente.

— Que exagerada. Além disso, não importa. É só um dia Vega, nem isso. Você vai à igreja, depois janta e volta. Não precisa ficar o tempo todo se não quiser, só o suficiente para o jantar, aí pode inventar alguma desculpa e ir embora.

Suspiro desesperadamente enquanto balanço a cabeça em negação, não posso acreditar que tenho que aparecer em um evento desses pelo simples fato de deixar a família bem.

— Entenda, querida, eles foram ao casamento do seu irmão, se ninguém da nossa família for ao casamento da sua prima Ana, vão entender como uma grosseria. Seu irmão tem turno duplo na clínica nesse fim de semana e não pode mudar.

— Não pode ou não quer? — pergunto ironicamente.

— Não fique assim, Vega, você sabe que o Gabriel trabalha muito.

— E eu não?

— Ah, filha, está sempre na defensiva. Você sabe que se seu pai estivesse bem iríamos nós, mas como vamos se a perna dele está engessada? Além disso, você já estará de férias.

— Exatamente, meu primeiro dia de férias e quer que eu o desperdice em um casamento onde não conheço ninguém.

Tenho certeza de que me sentarão à mesa típica de amigos amargurados que foram convidados por puro compromisso.

— Como você é desagradável, filha, pelo amor de Deus.

E pode escrever, este favor pretendo cobrar mais do que suficiente.

— Estou sozinha, mãe. Você entende o que é ir sozinha para um lugar como este?

— Se não tivesse terminado com Ismael...

Bem, tome, ele já havia terminado e é minha culpa por abrir minha boca.

— Mãe, não comece.

— Perdão... E se você convidar essa sua amiga? O nome dela era Susana?

De repente vejo a luz, ir sozinha àquele casamento pode ser uma verdadeira provação, mas com a louca da Susana pode até ser divertido.

— Ok, não vamos discutir mais — admito sem dizer que agora a ideia não parece tão ruim — afinal, nós duas sabemos que você não vai parar até que eu diga sim.

— Obrigada, filha — exclama, pulando para me dar um abraço — não sabe a alegria que acabou de me dar.

Enquanto como com os meus pais, envio uma mensagem à Susana pedindo que me veja urgentemente esta tarde. Como esperado, ela aceita, e algumas horas depois nos encontramos no bar de sempre.

— Eu também não acho que seja tão sério — diz a idiota.

— Por que você não acha que é sério? Ouviu o que eu disse? Tenho que ir a um casamento onde conheço apenas alguns parentes que vi poucas vezes na vida.

— Bem, visto dessa forma — concede lamentavelmente antes de engolir um pedaço de tortilha e tomar um longo gole de seu refrigerante.

— Preciso que venha comigo, não posso ir sozinha senão vou ter um troço, Susana. Se vier comigo, podemos ficar bêbadas de graça e fazer nossa própria festa.

— Quer que eu vá ao casamento com você? — pergunta com um sorriso maquiavélico.

— Sim, claro.

—Tudo bem — encolhe os ombros divertida — talvez eles pensem que somos um casal, você pode imaginar?

Agora ela solta uma risada escandalosa que faz várias pessoas se virarem e olharem para nós.

— Não me importo com o que eles pensam — esclareço, rindo também — provavelmente nunca mais os verei, pelo menos até que outro dos meus primos se case.

— Bem, não vamos conversar mais, me diga que dia é, vou anotar na agenda.

A agenda de Susana, não há nada que não anote nela. Se um dia a perder, tenho certeza que seu mundo vai desmoronar completamente e não saberá o que fazer na próxima hora. Às vezes acho que minha amiga é como um robô, não faz nada se não for previamente programada.

— No próximo sábado à tarde. Não se preocupe com a roupa, pode usar a mesma do casamento da sua irmã, ninguém te conhece lá.

— Oh merda — exclama quando abre a agenda.

— O que está acontecendo? — pergunto alarmada.

— Não posso no próximo sábado. Tenho um workshop de meditação que me custou duzentos euros e dura o fim de semana inteiro.

— Duzentos euros? — pergunto com os olhos arregalados.

— Claro — diz como se fosse normal.

— Bem, não me importo, te dou os duzentos euros.

— Não é pelo dinheiro, Vega, é que esse evento só acontece uma vez por ano e não quero perder. Você sabe o quanto eu gosto dessas coisas.

Inclino para trás na minha cadeira e suspiro em resignação. Tentar convencê-la disso é inútil, seria como pedir para parar de respirar, e o pior de tudo é que já disse à minha mãe que iria e tenho certeza que já confirmou para minha tia.

— Sinto muito, Vega — lamenta — podemos dizer a Meli, ela ficará feliz em aceitar.

— Ir com a Meli é o mesmo que ir sozinha, vai sentar na cadeira e não abrir a boca a não ser para acender um cigarro. É a mesma coisa, não se preocupe, afinal, são apenas algumas horas, acho que vou sobreviver.

— Claro que vai, mulher. Você só tem que aturar o ato da igreja, depois beber tudo que encontrar e verá o quanto se diverte. Casamentos são muito divertidos, pelo simples fato de ver como as pessoas são ridículas, vale a pena ir.

— Você está certa — digo um pouco mais animada.

São apenas algumas horas, o que pode dar errado?

Capítulo 2

Saio do trabalho sem acreditar muito, me sinto eufórica. Depois de vários meses suportando o estresse mais absoluto, as tão esperadas férias finalmente chegam, e nada mais e nada menos que um mês inteiro. A única desvantagem é o maldito casamento, mas digo a mim mesma que é apenas um dia, apenas isso, e então posso ir à praia, às montanhas ou ambos. Posso fazer o que realmente quero.

— Não acredito que a esta altura ainda não tenha pensado em nada — diz Susana quando nos sentamos para comer.

Nos encontramos novamente em nosso bar para despedirmos. Está saindo hoje à noite para passar o fim de semana inteiro em um retiro para aquele workshop, e eu vou amanhã no meio da manhã. Não nos veremos novamente até segunda-feira, e isso supondo que eu não tenha decidido ir a algum lugar em particular.

— Desta vez não quero planejar nada — digo, fazendo a Sra. Planejamento quase saltar os olhos das órbitas.

— Você é uma bagunça, vai perder muito tempo por causa disso, sabia? — me avisa como se fosse algo trágico.

— Não me importo, não quero ficar sobrecarregada, não quero dormir nenhuma noite pensando que no dia seguinte tenho que acordar cedo ou não vou chegar naquele lugar. Eu tenho um mês inteiro, quero me levantar com calma e decidir na hora.

— Não vou tentar convencê-la. Onde é o casamento? Seus primos moram muito longe daqui?

— Não, são apenas algumas horas de carro. Pretendo sair bem na hora, e se estiver um pouco atrasada para a cerimônia, melhor ainda. Tudo que eu quero é tirar isso das minhas costas de uma vez.

— Não entendo por que te incomoda tanto, casamentos são divertidos, e você sabe o que dizem, de um casamento vem outro casamento — acrescenta sorrindo.

— Relembro que para isso precisa ter um parceiro.

— Sim, bem, isso também é verdade.

Capítulo 3

Quando acordo no dia seguinte, estou surpreendentemente calma. Achei que não ia dormir de jeito nenhum por causa do estresse que ir ao casamento me causa, mas dormi como uma pedra. Levo tudo com muito mais parcimônia do que disse à Susana. Ao meio-dia minha mãe me liga para perguntar se já saí e digo que estou pronta, embora na realidade ainda esteja comendo.

O casamento é às cinco horas, não vejo necessidade de chegar mais cedo e ter que aturar o típico comentário que sei que minha tia ou primas vão fazer, pessoas que por sinal mal me conhecem e que basicamente se resume a: vamos ver quando você arruma um namorado e casamos você também. Não que eu tenha sido uma puritana toda a minha vida, tenho certeza que fodi mais do que as três juntas.

Saio de casa às três e quinze e, como esperado, estou um pouco atrasada para a missa. Entro na igreja furtivamente e apenas alguns notam minha presença. Eu fico nos fundos perto da porta, então se o distinto do padre ficar insuportável eu sempre posso fingir um ataque de tosse e sair para não incomodar. É um truque que aprendi há muito tempo.

A igreja está bastante cheia, mas obviamente, exceto pelos meus tios e primos que ocupam a primeira fila, não conheço ninguém. Minha mãe só tem essa irmã e elas não têm um relacionamento próximo. Minha tia conheceu o dono de uma joalheria e muito rapidamente se acostumou a uma vida ostensiva e usar esse direito que acham que quem tem dinheiro tem que olhar para você por cima dos ombros como se você fosse algo insignificante.

Pelo contrário, minha mãe se casou com meu pai, que sempre trabalhou como operário em uma fundição de ferro. Somos uma família humilde, embora nunca me faltou nada.

Enquanto aguento a tagarelice do padre e as lágrimas e ranho de emoção fingida de alguns dos participantes, acho que amanhã poderia passar o dia inteiro na praia para compensar o calor insuportável que estou sentindo hoje.

De repente, as pessoas começam a se levantar e eu olho em volta surpresa. Já terminou? Bom parece que sim, primeiro bloco superado, agora só falta aguentar as fotos, os lanches e o jantar. Então estarei livre.

Eu deslizo pela multidão e esbarro em um cara que me dá um olhar predatório que eu decido ignorar mesmo que ele seja muito fofo. Não quero saber nada dessas pessoas, pertencemos a mundos diferentes e estou muito bem no meu.

— Seja paciente — digo a mim mesma.

— Vega, querida! Você veio! — exclama minha tia com uma voz estridente e irritante que não me lembro.

Claro que vim, minha mãe confirmou, não entendo por que ela parece surpresa. Não vejo necessidade de montar tanto teatro. Ela me abraça e embora eu não sinta muito apego a essa parte da minha família, de certa forma me sinto bem, eles não deixam de ter meu sangue, e isso une.

Saúdo meu tio com dois beijos e depois minhas primas. Ana me apresenta ao homem que é seu marido há alguns minutos, filho de um banqueiro e herdeiro de uma boa fortuna da avó materna. Tiro a foto entre os dois e finalmente consigo voltar para o carro. O restaurante, que fica em um hotel quatro estrelas, fica a mais de meia hora daqui. Desnecessário dizer que meus tios reservaram um quarto para eu passar a noite.

— Assim você pode beber o quanto quiser sem ter que se preocupar com o carro — disse meu tio, e pretendo beber até a água dos vasos como Susana me aconselhou.

Eu tomo isso com a mesma calma que tive para ir à igreja. Dirijo devagar e quando chego ao estacionamento do hotel fico meia hora no carro checando o email e me divertindo com as redes sociais. Justo quando penso que não há problema em alongar mais, entro no hotel e fico chocada ao perceber que há três casamentos acontecendo na mesma noite. Digo o nome da minha prima e me dizem para onde devo ir.

Quando entro, a maioria dos comensais está em um jardim privado, onde várias mesas foram montadas com pratos de degustação e dois bares cheios de bebidas, enquanto os noivos demoram a voltar da sessão de fotos.

Vou direto para o bar e no caminho pego um par de espetos que me fazem perceber como estou com fome. Peço uma taça de vinho e fico perto de outra mesa, guardando com olhos famintos um prato de tacos de queijo e outro de montaditos.

— Vega, não fique aí sozinha, venha, vou lhe apresentar alguns amigos.

Agora é minha prima Maria quem me caçou, me pegando pelo braço e me arrastando pelo jardim enquanto me despeço quase chorando do que ia ser meu lanche.

Ela me apresenta a vários amigos ou parentes e tenho que admitir que, apesar da minha relutância em vir, estão me tratando muito bem e fazendo com que eu não me sinta sozinha o tempo todo. Para minha surpresa, suas conversas são relativamente normais e eu saio com eles até finalmente chegar a hora de jantar. Dois pratos e uma sobremesa. Mais tarde direi que tenho que pegar um avião muito cedo e me despedirei parecendo uma verdadeira dama.

Ando em volta da mesa que me indicaram até encontrar uma pequena placa com meu nome. A mesa está ocupada por outras pessoas que não conheço, aparentemente alguns primos tão distantes quanto eu por parte do noivo que são chatos de até a morte.

— Há quanto tempo você conhece Ana? — um deles me pergunta, deixando-me inquieta.

Eu o observo por vários segundos tentando descobrir se ele está brincando ou se ele está realmente falando sério. Ele não é o único que me observa atentamente esperando por uma resposta, mas o resto também. Eles são de uma seita ou o quê?

— Somos primas, eu a conheço desde que nasci — deixo escapar laconicamente.

— Ah — responde o incoveniente, permanecendo de boca aberta olhando para mim por mais segundos do que gostaria.

Tudo definitivamente foi para a merda. No jardim parecia que as coisas podiam ser suportáveis, mas aqui dentro com esse bando de esquisitões estou com indigestão até o jantar. Sirvo-me de outro copo de vinho e bebo quase de uma só vez quando alguém grita o famoso "viva os noivos". Na minha mesa ninguém além de mim responde. Todos assistem horrorizados enquanto o resto dos comensais vira guardanapos no ar como se estivesse cometendo um pecado capital.

— Viva os noivos!

Desta vez fui eu que gritei a plenos pulmões, tanto que até ganhei um galo no final, mas ninguém deu importância. A sala inteira respondeu e ainda estamos balançando guardanapos no ar enquanto as pessoas na minha mesa ficam paradas e prendem a respiração.

Eu começo a me perguntar se eles são realmente parentes ou atores que vêm para colocar um número que ninguém espera, porque eu não entendo nada. Você não pode ser jovem e tão chato, deveria ser proibido.

Capítulo 4

Quando o bolo chega, já bebi álcool suficiente para aturar os personagens ao meu lado e não estou com vontade de sair ainda. Eu tenho aquele pequeno ponto que faz você perder um pouco o constrangimento, mas não o suficiente para perder a dignidade, pelo menos eu acho. Sinto vontade de me divertir, e assim que terminamos o bolo, as luzes se apagam e a música e o bar aberto começam.

Peço um gim tônica e bebo em pé no balcão até que minha prima Maria me descobre e me arrasta para o centro da pista de dança. Decido me soltar e extravaso. Danço com ela, também com minha prima Ana, com meus tios, até com um careca que parece mais velho que uma pirâmide e duas senhoras que enlouquecem fazendo o trem e me incluem entre eles.

Quando a música termina, estou com calor e muito cansada. É claro para mim que com o álcool que ingeri vou ter que dormir no hotel se quiser ser responsável, então, contra todas as probabilidades, decido que vou ficar na festa até que meu corpo diga que basta.

Peço outro gim-tônica e saio para o jardim para tomar um ar fresco. Lá encontro meu novo primo, aquele que se casou com Ana, acho que o nome dele é Goyo, embora não tenha certeza. Ele me dá um abraço como se nos conhecêssemos a vida toda e realmente temos carinho um pelo outro, e eu retribuo, porque estou um pouco perdida e agora é quando de repente você é amigo de todo mundo e todo mundo parece uma ótima pessoa para você.

— Um cigarro? — meu novo primo pergunta, abrindo um maço de cigarros que meu tio deu a ele.

Não costumo fumar, mas em momentos como este nunca digo não. É meu tio que me dá fogo e é aquele que ri escandalosamente quando começo a tossir com a primeira baforada. Eu também rio e limpo a garganta algumas vezes até me ajustar, depois desfruto de uma segunda baforada e, enquanto eles estão envolvidos em uma conversa que não me interessa nem um pouco, decido caminhar pelo jardim até uma área mais escura e terminar sozinho o cigarro para apreciá-lo com calma.

Chego a uma área cheia de canteiros transbordando de flores que não consigo distinguir, e por trás de um pequeno arbusto decorativo vejo parte de um banco de madeira. O lugar perfeito para sentar e deixar meus pés descansarem um pouco antes de voltar para dentro para terminar de dar tudo de mim. Ando ao redor do mato e quando o banco é revelado, descubro que há uma garota da minha idade sentada nele.

— Desculpe —peço desculpas rapidamente quando ele salta de susto — pensei que não havia ninguém.

— Sente-se — ela me convida quando vê que estou pronta para sair — há espaço para nós duas no banco, só saí para tomar um ar fresco, está muito quente lá dentro.

— Obrigada — digo me deixando cair derrotada.

Eu descanso meus cotovelos nos joelhos e dou outra tragada profunda enquanto a observo. Não me parece familiar que a tenha visto a tarde toda, mais do que tudo porque me parece uma garota muito atraente apesar da simplicidade que transmite e acho que me lembraria dela, mas claro, com todas as pessoas lá é normal que ela não saiba quem são mais da metade.

— Meu nome é Ailén — de repente se apresenta, estendendo a mão para mim.

— Meu nome é Vega — respondo, aceitando aquela mão que me parece tremendamente macia e quente — Você é da família do noivo? — atrevo-me a perguntar.

— Algo assim — ele responde com um gesto divertido — você não tem um desses, tem?

Observo meu cigarro quase consumido e lentamente recuso. Não sei se meus reflexos estão lentos por causa do álcool ou se essa garota emite algo hipnotizante.

— Não tenho, mas sei onde conseguir mais.

Agora meu corpo parece funcionar independentemente do meu cérebro. Eu apenas me levantei e estou estendendo minha mão para ela como se fosse um príncipe encantado. Mas o que há de errado comigo? Ailén hesita por um momento, mesmo assim, finalmente, ela sorri com um gesto travesso e aceita minha mão em pé. Eu a puxo com tanta força que quase a empurro contra o meu corpo, então estamos mais perto uma da outra do que seria normal. Meu coração está acelerado nesse momento sem que eu entenda muito bem o motivo, mas também não dou importância porque estou um pouco bêbada e nessas condições tudo é percebido de forma mais intensa.

Ailén morde o lábio e suspira olhando para mim. Eu não sei o que fazer e de repente fico muito nervosa, mas então solta minha mão e dá um passo para trás com um sorriso diabolicamente sensual e levanta uma sobrancelha.

— Vamos?!

Essa monossílaba na forma de uma pergunta é suficiente para me ativar novamente. Eu faço um gesto para ela me seguir e nós duas caminhamos até chegarmos ao meu novo primo com meu tio.

— Você me daria mais alguns cigarros? — peço com toda a confiança do mundo.

— Claro, primo, mais estaria faltando — responde mais bêbado do que antes.

Olha para mim e Ailén, que fica alguns passos atrás, então tira os cigarros do pacote, nos dá um para cada uma e é meu tio que está novamente encarregado de nos dar fogo. Talvez essa seja sua tarefa neste casamento, acender cigarros, o homem não fuma e eu o vi dando fogo várias vezes.

— Desta vez não se engasgou — meu tio ri.

— Aprendo rápido — respondo, exalando presunçosamente.

— Uma garota interessante — diz Ailén, balançando a cabeça para segui-la.

Não penso nem por um segundo e vou atrás dela. Não vamos ao banco de antes, desta vez ficamos ao lado de uma árvore e quando ela para eu posso pensar na ação engraçada de soltar a fumaça pelo nariz. Ela ri porque eu acho que ela está tão bêbada quanto eu e me imita me desafiando.

— O que mais você sabe fazer?

— Bem, ficaria ótimo se eu soltasse pelas orelhas — respondo, fazendo uma careta — mas até agora não aprendi.

— Que decepção, dava por certo que você ia me ensinar algo novo — graceja fingindo o infortúnio.

— Sabe fazer algo melhor? — a desafio.

Minha mãe, não sei o que há de errado comigo ou por que estou aqui, em uma das poucas áreas desertas do jardim, no que me parece um claro flerte com uma completa estranha.

— Eu sei como expulsá-la em outro lugar — responde arrogantemente.

— Em outro lugar? — repito em confusão.

Por vários segundos minha cabeça queima tentando adivinhar o que significa, mas não consigo encontrá-la até que seja tarde demais.

— Sim, em sua boca.

Sua resposta vigorosa e determinada me deixa tão fora do fogo que não consigo reagir, embora veja suas intenções desde o início. Ailén está ficando perigosamente perto, por que não a detenho? Por que não dou um passo atrás e digo que não precisa provar isso para mim? Meu corpo não responde, Ailén coloca uma mão na minha bochecha e dá um sopro profundo em seu cigarro. Meu coração corre solto de novo e seguro minha respiração. Ela se aproxima lentamente e eu abro meus lábios com um desejo incompreensível de permitir que essa mulher expulse a fumaça de sua sopro na minha boca para que eu possa sentir o esfregão de seus lábios nos meus.

Finalmente chega a hora e seu calor me causa uma descarga de formigamento que vai de cima para baixo. Ailén sela minha boca com a dela e expulsa um pouco da fumaça na minha, então se separa e, sem tirar seu olhar brilhante dos meus olhos, começa a expulsar a fumaça que permaneceu e eu a imitei liberando a minha.

— Interessante — eu digo por quebrar o silêncio.

— Eu sei, imagine quantas coisas eu ainda posso te ensinar — a fanfarrona deixa escapar antes de jogar fora o cigarro e pisar no chão.

Sinto uma certa decepção nesse momento, porque se ele não fumar não pode fazer o que fez antes, e agora sinto uma necessidade insuportável de sentir seus lábios novamente.

— Está com vontade de dançar? — pergunta antes que eu possa continuar pensando.

Eu também jogo meu cigarro e pisoteio com desejo. De repente sinto que fumei o suficiente para o resto dos meus dias e a ideia de dançar e queimar o álcool que bebi parece uma boa maneira de me livrar da tolice que pareço ter com ela.

Os seres humanos devem vir com um manual de instruções que deixa claro que há coisas que não importa o quanto tentamos não podemos controlar, e que não importa o quanto queremos culpar o álcool por certas sensações ou comportamentos, só seremos capazes de nos enganar. Porque há coisas que acontecem a qualquer momento e agitam todo o seu mundo sem que você perceba, e Ailén será uma dessas coisas, o problema é que eu vou perceber isso tarde demais.

Capítulo 5

Quando entramos passamos pelo lado de um bar onde acabaram de servir uma bandeja de doses de tequila e Ailén para fazendo meu corpo impactar contra o dela.

Ela se vira imediatamente e sorri ao me ver tão perto.

— Não me negue um desses — ela pede, bochechas coradas.

Agora que há luz, seus olhos brilham tanto quanto seus cabelos castanhos ondulados, e aproveitando os benefícios e as desculpas que estar um pouco bêbada me dá, me permito revisá-la com toda a ousadia do mundo. Posso resumir muito facilmente, é alta, bonita e tem uns quilos a mais bem distribuídos que aos meus olhos torna alguém muito mais interessante. Sou daquelas que prefere ter mais do que nada e, embora nunca tenha notado uma mulher antes, tenho que admitir que Ailén me excita muito.

— Quando terminar de olhar para mim, vamos beber a dose — diz ela sem parar.

Percebo como o sangue sobe para minhas bochechas deixando-as prestes a explodir. Ailén sorri novamente e pisca para mim, e ao mesmo tempo sua pálpebra se fecha, meu coração dá uma guinada por dentro. Me entrega uma dose e o garçom coloca sal em nossas mãos, depois nos entrega a famosa fatia de limão.

— Para nós — oferece Ailén.

Nossos olhares se conectam novamente e ela lambe o sal do topo do polegar lentamente enquanto eu sigo o exemplo, então mordo o limão e bebo a dose. Eu bufo, ela prova seus lábios, e com um aceno de aprovação, pega minha mão e me arrasta para o centro da pista de dança.

Deixo-me guiar por ela me entregando completamente. Ailén faz o que quer com meu corpo, mas sempre com muito estilo e sem que nós duas paremos de rir. Dançamos separadas e também juntas, e em outras ocasiões em que a música exige, dançamos com as pessoas ou trocamos de parceiros.

— Acho que não gosto de ter você longe — diz depois de me puxar para fora dos braços da minha tia e me girar debaixo do braço antes de me puxar para perto de seu corpo.

— Então não me solte — sugiro agitadamente.

Agora eles colocam uma música lenta que nos corta completamente. As luzes diminuem e a pista fica muito escura. Ailén olha para mim sem saber muito bem o que fazer, vamos sentar ou continuar dançando algo pensado para todos os casais? A resposta não parece vir de nenhuma parte até que um casal que está preso como carrapatos colide comigo enquanto se movem e inesperadamente eu acabo nos braços de Ailén.

— Eu gosto do jeito que você cheira — confessa enquanto enterra a cabeça na curva do meu pescoço.

Solto um suspiro e depois sorrio.

— Tenho a impressão de que estamos um pouco bêbadas.

Digo isso convencida porque é a única explicação que me ocorre para o comportamento de ambas.

— Você pode muito bem estar certa, mas ainda gosto do jeito que você cheira.

Isso não me ajuda. Estou prestes a dizer a ela que, se formos ao meu quarto, ela poderá me cheirar de uma maneira muito mais íntima, mas felizmente ainda deve haver alguma sanidade em algum canto escondido dentro de mim e consigo manter minha boca grande fechada. Infelizmente, eu sei muito bem como é tomar uma decisão quando você não está em seu juízo perfeito, e como é se arrepender no dia seguinte, quando sua mente começa a estalar e você percebe que há alguém em sua cama que não deveria estar lá.

— Eu não queria incomodá-la — diz afastando-se um pouco.

Só se afasta um pouco porque eu a paro muito mais rápido do que imaginava.

— Você não me incomodou, é só que eu estava pensando.

— Em que?

— Nada importante.

A música termina e me salva de uma conversa que tinha todos os ingredientes para eu estragar tudo e acabar sufocada novamente. As luzes voltam a um tom um pouco mais forte e a nova música é tão animada que acabamos pulando como loucas com todos na pista naquele momento.

A pessoa que toca a música pretende me enlouquecer, depois de uma dança que me deixa quase sem fôlego, ele coloca uma música lenta novamente.

— Pode me dar essa dança? — volto-me apavorada para a fonte da voz e me encontro com o mesmo idiota duro na minha mesa que me perguntou há quanto tempo eu conhecia minha prima.

Volto-me para Ailén em busca de sua ajuda, mas o que encontro é a já mencionada segurando seu riso com todo a maldade do mundo.

— Não há problema em ficar esperando — diz o garoto estranho pelas minhas costas.

— Vou aproveitar para ir ao banheiro, curta a dança — a cadela me diz.

Ailén desaparece na direção dos banheiros e eu não tenho escolha a não ser dançar com esse perturbado, que coloca a mão na minha cintura e endurece como uma vara. Quando a música finalmente termina, eu me afasto como se estivesse excitada e saio da área de dança. Olho em todas as direções em busca de Ailén quando as luzes se acendem me cegando e o menino que toca a música anuncia que a festa vai acabar em meia hora.

Foi quando percebi que, no final, me diverti muito em um casamento ao qual não queria ir e, exceto pelas pessoas estranhas à mesa, todos os outros foram adoráveis. Especialmente Ailén, que por sinal vejo passar por trás das pessoas e faz um gesto com a cabeça apontando para o jardim. Eu a sigo sem pensar mesmo estando exausta, meus pés doem muito, minha cabeça está dormente e meu corpo está exausto de tanto dançar.

— Acho que não vou poder te oferecer um cigarro — digo quando vejo que meu primo não está lá.

— Não se preocupe, eu não fumo — responde com um sorriso.

— Nem eu, mas há momentos em que perco meu cabelo.

Não sei por que digo tanta bobagem, deve ser a falta de corrente sanguínea na minha cabeça ou o acúmulo de álcool no sangue.

— Todos nós ficamos loucos de vez em quando — ela responde, massageando os braços.

Está começando a ficar um pouco frio, o que não me surpreende porque é quase uma da manhã.

— Eu me diverti muito graças a você — diz ela sem piscar.

— Eu também, você fez um casamento que não prometia nada se tornasse um dos mais engraçados que já fui.

Ailén se aproxima e suspira. Então ela abaixa a cabeça e esfrega os olhos.

— Está bem?

— Eu estava prestes a te beijar, mas acho que é melhor não. Você já disse isso antes, estamos bêbadas.

Eu engulo em seco e por alguns segundos não respondo porque meu coração acelerou novamente com o pensamento de sentir seus lábios novamente sem o gosto de fumaça. No entanto, Ailén está certa, isso é tudo uma loucura, nós duas estamos prejudicadas pelo álcool, estávamos sozinhas e fizemos companhia uma à outra. Nada mais.

— Eu acho que beijar seria um erro — respondo mecanicamente.

— Sim.

O ar engrossa entre nós. Olho de um lado para o outro, neste momento estamos sozinhas e meu coração bate mais forte em uma luta interna de emoções que não sei lidar. Suspiro. Ailén sorri e nega olhando para o céu.

— Será melhor nos despedirmos agora, amanhã teremos uma ressaca séria, pelo menos eu.

— Claro — admito nervosamente.

Não consigo me mexer, fico completamente estática esperando que ela decida como nos despedimos. Um par de beijos? Um abraço?

— Você é sempre tão fria para tudo? — assentiu incrédula.

— Não, não sou.

Droga, e eu realmente não sou, mas não sei o que diabos me dá com ela. Ailén se aproxima e me dá dois beijos retumbantes nas bochechas. A sensação é insuportavelmente agradável, e também decepcionante porque acho que no fundo esperava outra coisa.

Isso me deixa muito zangada, não com ela, mas comigo mesma por não ousar reivindicar o que preciso, mesmo sabendo que amanhã vou me arrepender.

— Foi um prazer, Vega.

— Da mesma forma, Ailén — respondo como um robô.

Ailén começa a caminhar em direção à porta de entrada da sala e eu fico paralisada no mesmo lugar a observando. Eu engulo em seco e tento me fortalecer, mas meu corpo não responde e é ela que de repente se vira com uma carranca e refaz seus passos.

— Você deveria ser mais determinada — me repreende, atordoada.

Ele encurrala meu corpo contra a parede sem me dar tempo para reagir. Uma de suas pernas desliza entre as minhas e exerce uma pressão no meu sexo que me deixa completamente fora do jogo. A sensação é tão intensa e excitante que minha visão embaça e não consigo pensar, só consigo sentir como seus lábios se encaixam nos meus em um beijo desesperado ao qual respondo imediatamente. Suas mãos são colocadas no meu pescoço, fazendo um arrepio percorrer todo o meu corpo ao mesmo tempo que eu seguro sua cintura como se fosse uma tábua de salvação.

Um estalo de nossos lábios é o que termina o beijo. Ailén encosta a testa na minha enquanto recupera o fôlego. Tento recuperar minha sanidade e minhas pernas me respondem quando as luzes do jardim se acendem.

— É melhor pecar do que se arrepender — diz Ailén, dando um passo para trás com um sorriso satisfeito.

Meu problema é que eu não sei se vou me arrepender disso. Acho que gostei mais do que deveria, mas logo digo a mim mesma que o que senti é culpa de uma série de fatores que se juntaram no pior momento; álcool, a curiosidade de nunca ter provado os lábios de uma mulher, o luar e seu sorriso diabólico que me hipnotiza.

É claro que é isso, e também que o correto é que nos separemos agora. Eu sou experiente o suficiente para saber que o que parece magnífico e tão necessário agora, pode parecer loucura amanhã quando eu acordar e pensar que deveria ter evitado isso.

Não nos falamos mais nada, Ailén sorri para mim e se despede levantando a mão antes de voltar para dentro do hotel. Sorrio de volta e levo alguns minutos para entrar, sentindo um terrível desconforto quando vejo que ela realmente não está mais lá. Ailén acaba de se tornar uma bela lembrança de um casamento que prometia ser um saco.

Capítulo 6

Quando acordo, tenho que pensar por alguns segundos antes de lembrar exatamente onde estou. Acendo a luz e palateio várias vezes de nojo, estou com a boca pegajosa e uma dor de cabeça latejante e irritante. Digo a mim mesma que nunca mais vou beber na vida e, quando penso no casamento, a primeira imagem que me vem à cabeça é a dela, a da mulher que conheci no jardim e de quem agora não consigo lembrar o nome bem, Arlen?

Vou até a janela, subo a persiana e abro a janela para deixar entrar um pouco de ar fresco. São quase onze da manhã e eu tenho que sair do quarto antes do meio-dia. Pego a bolsa que graças à insistência de minha mãe preparei com uma muda de roupa e meus produtos de higiene pessoal. Quando tenho tudo, me tranco no banheiro enquanto chego à conclusão de que preciso urgentemente de um bom café.

Eu passo sob o jato do chuveiro, ligo a água morna e fico perfeitamente imóvel, deixando a minha cabeça clarear um pouco. E aí ela volta com outra rajada e meu coração explode dentro do peito, a gente trocou fumaça de uma só baforada? Não há nada que eu ache mais nojento do que isso e, apesar disso, naquele momento me senti desesperada para fazê-lo. Mesmo agora estaria mais do que disposta. Tento não pensar mais nela e me concentro na tarefa urgente de tomar café com analgésico, então escovo os dentes, penteio bem o cabelo, me visto e saio do quarto para ir direto para a cafeteria do hotel.

— Um café duplo, por favor — peço ao garçom, sentando no bar.

Não posso deixar de olhar de um lado para o outro, a princípio não sei exatamente o que estou procurando, talvez alguém da minha família, mas não é verdade e não deveria tentar me enganar em tal absurdo, estou procurando por ela. E enquanto tomo meu café termino de lembrar de tudo. Nós no jardim conversando e fumando um par de cigarros do meu primo, nós bebendo uma dose enquanto nos olhávamos como se ninguém nunca tivesse olhado para mim antes, nós na pista de dança enlouquecendo, o rosto dela enterrado no meu pescoço enquanto dançamos uma música lenta e nós no jardim novamente. Se beijando.

— Meu Deus — digo em um sussurro só para mim mesma.

Meu coração está batendo descontroladamente e tenho uma sensação muito estranha de desconforto.

— É a ressaca — digo em voz alta.

— Com licença, você me pediu alguma coisa? — pergunta o garçom, que deve pensar que estou louca.

— A conta, por favor.

Entro no carro em estado de total perplexidade, coloco meus óculos escuros e vou para casa. Eu não deveria pensar nela hoje, que não deixar nossa tolice ir além de um beijo foi a decisão certa, que isso me faria acordar hoje com calma sem sentir que fiz uma loucura. Mas não tenho tanta certeza, talvez seja porque estou com uma ressaca séria e meu cérebro ainda não funciona como deveria.

Uma ligação da minha mãe interrompe meus pensamentos e eu aperto o botão que a coloca nos alto-falantes do carro.

— Oi, mãe — eu a cumprimento com uma voz rouca.

— Oi filha. Como foi o casamento?

— Bem, muito bom — admito surpresa — não foi tão ruim quanto eu pensava.

— Vê? Sim, eu já sabia. Você ficou para dormir?

— Sim, estou voltando agora.

— Bem, venha para casa e coma comigo e seu pai e me conte os detalhes.

Estou prestes a dizer não, mas penso melhor e a ideia não é tão ruim, com minha ressaca não tenho certeza se vou conseguir fazer uma refeição. Melhor comer com eles e depois ir para casa e morrer no sofá a tarde toda.

Depois de contar de forma bem sucinta como foi o casamento da minha prima Ana, minha mãe fica satisfeita e para de fazer perguntas. Felizmente, o analgésico fez o seu trabalho e a dor de cabeça desapareceu para dar lugar apenas ao típico embotamento e saudade, mas mesmo isso não é capaz de me parar quando minha mãe está em silêncio, porque então sou eu quem sente uma necessidade compulsiva de perguntar a ela sobre a mulher desconhecida, já que não consigo lembrar seu nome. Era incomum, e agora a única coisa que sai é Alien, e aquele bicho nojento que saiu das entranhas dos passageiros daquela nave não tem nada a ver com a mulher espetacular na minha cabeça.

— Conheci uma mulher lá, acho que era parente do marido da Ana. Ela era muito legal, e se não fosse por ela eu quase certamente teria ido embora logo após o jantar.

— Isso é bom, filha.

— O nome dela era Arlen ou algo assim, não me lembro bem. Te lembra algo? — pergunto esperançosa.

— Como vai soar para mim, Vega? Não conheço a família do marido de Ana.

Eu sou estúpida. Deveria ter chegado a essa conclusão por conta própria, mas de repente é como se saber algo sobre ela estivesse se tornando uma obsessão. Claramente eu preciso dormir e deixar a ressaca passar completamente.

Passo a tarde de domingo em casa deitada no sofá cochilando com a televisão ligada. Estava em transe e só me levanto para jantar e ir para a cama.

Na segunda-feira acordo revigorada como uma rosa. A ressaca desapareceu absolutamente, mas a garota não. Ela ainda está lá, atormentando meus pensamentos e me fazendo pensar como fui tão estúpida em não pedir seu número de telefone. Não ousei dar mais passos com ela por medo de que tudo fosse resultado do álcool que corria em minhas veias e dominou parte de minhas ações e meus impulsos, mas tenho a dúvida cravada como um espinho que deixou uma ferida aberta e não posso deixar de me perguntar o que aconteceria agora. Se voltar a vê-la quando estiver serena, sentirei o mesmo desejo irracional de me lançar aos seus lábios ou ficarei indiferente? A dúvida me corrói como um caruncho e não entendo nada, nunca me aconteceu nada parecido com ninguém. Não entendo, se ficamos juntas apenas por algumas horas, como poderia criar esse vício em tão pouco tempo? E o que mais me preocupa, ela vai se sentir tão agoniada quanto eu? Pensar nisso me dá calafrios, e se eu fosse apenas um passatempo para ela? Ela parecia uma mulher muito determinada, talvez eu fosse uma mera distração, talvez ela estivesse tão solitária quanto eu e quando me encontrou e viu que estávamos conectadas, decidiu que era melhor passar a noite com uma estranha do que estar sozinha.

Não posso continuar pensando nisso ou vou enlouquecer. Pego as minhas coisas e decido passar o dia inteiro na praia, à tarde Susana volta e jantamos juntas. Vai me contar como foi seu fim de semana no retiro e eu vou falar sobre ela. Oh meu Deus, como vou falar sobre ela?

Capítulo 7

Nunca tinha sentido tanto alívio como agora ao ver Susana atravessar a porta do bar onde nos encontramos. Levanto e dou um abraço tão apertado que ela me olha estranhamente.

— Não é como se não nos víssemos há um ano — ela ri.

— Para mim foi uma eternidade — admito, sentando novamente — bem, me diga, como foi o retiro?

— Bem, não há muito o que contar, foi um fim de semana tranquilo, embora algumas pessoas tenham passado pela tenda.

— Enfim.

Não sei nem mais dizer. Não me considero uma pessoa extremamente falante, mas acho que seria impossível passar um fim de semana cercado de pessoas sem poder trocar uma única frase com nenhuma delas. Susana me explica como era o lugar e como se sente bem depois de voltar.

— Você poderia vir comigo quando eu voltar da próxima vez.

Realmente planeja voltar? Ainda não entendo o que a faz se sentir tão bem nesses lugares, mas a respeito. Cada pessoa tem seus hobbies ou precisa de certas atividades para se sentir completa, e esses retiros espirituais são o que enchem minha amiga.

— Não, obrigada, mesmo que seja falando com uma planta, preciso ouvir o som da minha voz pelo menos uma vez por dia.

Susana sorri e coloca no prato o caroço da azeitona que acabou de comer.

— Você está perdendo, enfim. Como foi o casamento insuportável? Espero que tenha bebido muito.

Casamento. Por que este tópico me dispara o pulso?

— Bebi bastante — respondo atordoada.

— E é isso? Isso é tudo que você vai me dizer? — pergunta com os olhos vazios.

— Na verdade, não. Há algo que eu tenho que te dizer porque estou ficando louca.

A boca da Susana abre-se como um peixe e ela olha como se esperasse as novidades do século.

— Não me olhe assim, você me deixa nervosa.

— Então fale imediatamente. O que foi? Você conheceu o homem da sua vida? — resolve alegremente — se já dizem, de um casamento nasce outro casamento.

Susana ri e esfrega as mãos, no entanto, quando vê que meu queixo está tenso, de repente fica séria.

— Não conheci nenhum homem, bem, sim, mas ele era bem estranho.

— Então?

— Conheci uma mulher.

Susana me olha sem entender nada, supondo que é normal eu conhecer uma mulher se ela estivesse em um casamento cheio de gente. Decido ignorar o olhar idiota em seu rosto e não permitir que ela faça suposições ou perguntas absurdas que não tenham nada a ver com o que está queimando dentro de mim. Talvez dizendo a ela que vou superar isso, eu acho, o que eu preciso que ela me diga é que é normal eu me sentir assim, mesmo sendo uma mulher. Que esse tipo de coisa acontece com todos nós em algum momento de nossas vidas. Chama-se curiosidade pelo desconhecido.

— Eu a conheci no jardim, acho que ela me disse que era da família do noivo, mas estava muito bêbada e talvez esteja confusa. Por não lembrar, nem lembro o nome dela — explico de forma absurda.

— E o que tem essa mulher? Não entendo o que você quer dizer, Vega.

— Nem eu, Susana, o que sei é que não consigo tirar isso da cabeça.

— Você não pode tirar isso da sua cabeça? Ainda não entendo nada — diz reposicionando-se na cadeira com uma expressão intrigada.

— Acho que gosto, Susana.

Suas sobrancelhas se ergueram e ela engole em seco enquanto olha para mim. Isso me deixa nervosa, parece que ela ficou branca.

— Bem, não sei se gosto dela — começo a explicar cada vez mais nervosamente — só sei que estávamos juntas desde o momento em que nos conhecemos até o fim da festa e que eu me diverti muito com ela.

— Só porque você se divertiu com uma estranha não significa que gosta dela — racionaliza mais focada — eu passei noites com estranhos e eles são apenas isso, pessoas que você conhece em um momento específico e com quem compartilha uma experiência que com o efeito do álcool é geralmente ampliado.

Sua explicação deve ser suficiente, eu acho que é bastante razoável. Mas não funciona para mim.

— Nós brincamos — suavizo para ver se ela entende.

Susana cala e sua boca volta a abrir como a de uma baleia.

— Ah — diz depois de alguns longos segundos de silêncio — defina brincar.

Sinto como se meu coração fosse pular da minha boca. Lembrar disso me acelera e me deixa insuportavelmente quente. Por que diabos eu não pedi o número de telefone dela? Qualquer um em sã consciência teria feito isso. Tínhamos passado algumas horas juntas e nos conectamos, mesmo que fosse apenas para tomar um café como amigas, deveríamos ter trocado números. No entanto, ela também não pediu o meu, foi porque eu a decepcionei por não ser aquela que deu o passo para beijá-la?

— Você quer me responder? — minha amiga insiste em me tirar de minhas reflexões tortuosas.

— Não sei definir, Susana. Você já brincou com um monte de caras, eu acho que é a mesma coisa.

— Não é a mesma coisa, quando eu brinco com um cara eu acabo transando com ele, você transou com ela?

Meu Deus, que sufoco. Pego minha bebida e quase a termino de um gole só porque minha boca ficou seca.

— Porra, você transou com ela? — pergunta com os olhos arregalados.

— Eu não transei com ela, e fale baixo. Estávamos dançando bem pertinho, também conversamos um pouco, até trocamos fumaça de uma tragada.

— Fumaça de uma tragada? Desde quando você fuma? — pergunta com espanto.

— Eu não fumo, idiota, e esse não é o ponto.

— E qual é? — ela se desespera.

— Nós nos beijamos — finalmente deixo escapar — antes de dizer adeus, nós nos beijamos.

— Na boca? — pergunta estupidamente.

— Sim, claro, onde você quer que nos beijemos? Na frente?

— Com língua?

Porra, a memória dessa língua correndo pela minha boca provoca um choque pelas minhas pernas que me paralisa.

— Sim, com língua — respondo com a voz rouca.

— Nossa, que forte — ela ri incrédula.

— Que forte, por quê?

— Bem, eu fiz coisas estúpidas enquanto estava bêbada, mas comer a boca de uma mulher, não. Pelo menos que eu me lembre — ela admite pensativa.

— Você está levando isso como uma besteira, Susana — digo com raiva — e não foi, aquela mulher me afetou mais do que eu gostaria de admitir. Tive que me conter muito para não fazer uma loucura que me arrependeria no dia seguinte, e agora o que me arrependo é não ter feito.

— Tudo bem — ela hesita, se acalmando quando vê que isso realmente me afeta.

— Se ela me pedisse alguma coisa, tenho certeza de que não teria forças para dizer não — acrescento para que ela não duvide do que estou dizendo.

— Tudo bem. É claro que a garota causou uma profunda impressão em você. Claro, veja como você é estúpida.

— Desculpe?

— Você tem uma pessoa na sua frente que te acorda de tudo que está dentro, e você pega e volta com medo de se arrepender. Não temos idade suficiente para essas coisas, Vega.Com quase quarenta anos você não pode se dar ao luxo de duvidar.

— E se eu não gostar depois?

— Bem, você teria fodido uma garota e teria tido mais um grau de experiência.

— Não está me ajudando — bufo com raiva.

— Está bem. Se você gosta tanto dela, por que não liga?

— Porque eu não tenho o número.

— Porque não? — pergunta sem entender por que eu não tenho.

— Bem, porque eu não perguntei a ela, Susana, nem ela me perguntou.

— Bem, eu não entendo, se você gostava tanto dela e se divertiu tanto com ela, o lógico seria pedir para ficar mais um dia e tomar um café em circunstâncias normais.

Como é fácil para ela dizer tudo isso. Ela não estava lá, seus cílios não tremiam quando estava com ela e sua mente estava completamente clara, a minha estava nublada pelo álcool e pela perplexidade causada pela situação inesperada.

— Bem, isso não importa. De onde era? — pergunta apoiando os cotovelos na mesa.

— Não sei.

— Você não sabe de onde ela era? — fica surpresa novamente.

— Não, eu não sei, droga.

— Meu Deus, Vega, há uma série de perguntas que são básicas quando você conhece alguém — ela me repreende, levantando uma sobrancelha.

Está certa, não posso negar, mas não esperava que nossa conversa fosse além de uma mera saudação educada.

— Ok — balança a cabeça aceitando minha falta de jeito — diga-me o que sabe sobre ela e nós terminaremos mais cedo.

— Não sei de nada, já lhe disse que nem me lembro do nome.

— Muito bem, nós aceitamos que você é estúpida — diz a idiota —agora a questão importante é, você quer encontrá-la?

Boa pergunta, quero? A resposta vem à minha cabeça tão rápido que me surpreende. Claro que sim.

— Gostaria muito — respondo imediatamente.

— De acordo. Então temos que fazer um plano. Você diz que talvez tenha sido da família do noivo, mas há alguma chance de ser da sua? Quero dizer, por parte de seu tio com quem você não tem linha de sangue, suponho que se ele fosse de sua família direta você saberia.

— Não sei, Susana. Talvez. Perguntei à minha mãe se estava familiarizada com isso e ela disse que não tem ideia de quem ela é.

— Ok, não entre em pânico. Se estiver disposta a encontrá-la, não será muito difícil, basta perguntar à sua prima — ela resolve como uma obviedade evidente.

— Gostaria de não fazer isso, Susana. Quase nunca tive contato com minha prima e, embora tenha certeza de que ela estaria disposta a me ajudar, preferiria não ter que me explicar para ela. Não há outra alternativa?

A ideia de ligar para minha prima Ana para perguntar sobre uma mulher não me motiva muito. Eu teria que explicar para ele e não estou com vontade nenhuma.

— Só as redes sociais me vêm à mente, acho que sua prima ou alguém próximo a ela deve ter postado as fotos do casamento.

— Claro, que bobagem — exclamei animadamente.

Pego meu celular e abro o Facebook, não tenho contato com minha família, mas tenho minhas primas como amigas. Susana levanta do seu lugar à minha frente e senta noutra cadeira ao meu lado. Estou procurando minha prima Ana, embora a única atividade no perfil dela seja das pessoas que a marcaram no casamento. Há várias fotos, porém, e infelizmente em nenhuma delas consigo localizar a mulher que acabei beijando.

— Vamos ver minhas outras primas — sussurro desesperadamente.

Em seus perfis há mais fotos do evento, até em uma delas eu apareço, mas novamente minha amante quase desconhecida não aparece em nenhuma delas. Procuramos entre os amigos das minhas primas, aqueles que os marcaram, e passamos todas as fotos uma a uma até que no final deixo o celular em cima da mesa me sentindo totalmente decepcionada.

— Como é que ela não está em nenhuma foto? — pergunto desesperadamente.

— Você é da família direta e só saiu em uma — solta sem mais enrolação — talvez fosse a família do noivo, ou talvez nem isso, apenas um daqueles amigos que você tem que convidar por compromisso.

— Foda-se — eu gemo em aborrecimento.

— Não tem jeito, Vega, se você quer encontrá-la vai ter que ir ver sua prima.

— Eles estão um pouco longe, ontem foram em uma viagem de lua de mel para Taiwan.

— Bem, ou você espera que eles voltem ou tudo o que resta é tentar sua tia.

— Mal posso esperar duas semanas, aliás, estou de férias, se houver tempo oportuno para procurá-la, é agora que tenho tempo de sobra.

— Bem, não vamos conversar mais, amanhã vamos para a casa da sua tia quando eu sair do trabalho — ela decide pelas duas.

— Você vem comigo? — pergunto agradecida.

Já que tenho que me envergonhar, pelo menos tenho apoio moral. Isso pode ser um desastre, eu não queria dizer nada à minha prima e no final vou ter que perguntar à minha tia, o que pode ser ainda pior.

— Claro, isso é a coisa mais emocionante que me aconteceu em meses, não vou perder por nada no mundo.

— Será possível?

Capítulo 8

Ainda não acredito que vou fazer isso, mas Susana e eu já estamos aqui, em frente à porta da casa dos meus tios, depois de buscá-la no trabalho.

— Que embaraçoso — digo nervosamente antes de sair do carro.

— Porquê? Você mesma já disse mil vezes que praticamente não tem contato com essa parte de sua família, basta obter o máximo de informações possível e depois vamos embora e nunca mais os verá.

Esse pensamento me faz sentir um pouco mal. Todos me trataram muito bem no casamento e acho muito triste que morando relativamente perto haja tanta distância entre nós. Caminhamos até a porta da frente e eu cerro os punhos para tentar esconder o tremor em minhas mãos. A estúpida da Susana é quem aperta o botão da campainha sem me dar tempo de assimilar a loucura que estou prestes a cometer e me acalmar.

— Já vai — a voz da minha tia é ouvida de dentro.

Quando ela abre a porta, pisca várias vezes ao me ver como se pensasse que sou uma miragem.

— Vega, querida, que surpresa.

Ela parece realmente sincera. Seu sorriso se alargou e isso me faz sentir um pouco melhor. Então lança um olhar para Susana, tentando descobrir em sua cabeça de setenta anos se a conhece de algum lugar. Ela franze a testa e a cumprimenta educadamente sem entrar em detalhes. Então estende os braços em minha direção e eu corro em direção a ela para lhe dar um grande abraço que novamente me faz sentir bem, eu deveria considerar seriamente tentar me aproximar dessa parte da minha família.

— Esta é Susana, uma amiga minha — digo para apresentá-las.

— Um prazer, senhora, sua sobrinha me falou muito sobre você.

Susana é uma babaca e acho que até minha tia acabou de chegar a essa conclusão, porque ela a olha com cara de pôquer enquanto aperta sua mão.

— O prazer é meu. Vamos, entre — diz ela, afastando-se — você não sabe o quanto me deixa feliz em vê-la, Vega.Com o quão perto estamos e quão pouco nos vemos — ela comenta em voz alta enquanto a seguimos pelo corredor.

É hora do lanche, então minha tia nos leva para a cozinha, que é tão grande quanto metade do meu apartamento.

— Porra — Susana sussurra ao meu lado.

Por sugestão de minha tia, nos sentamos em uma mesa grande onde qualquer cozinha desse tamanho teria uma ilha. Ela traz café e biscoitos de vários tipos que suponho serem os que ela compartilha com seus amigos quando eles vêm jogar cartas enquanto conversam sobre as fofocas do bairro.

— Bem, a que devo esta visita agradável? — pergunta com um sorriso, sem desviar o olhar de mim.

— Veja, tia — respondo tremendamente envergonhada — outro dia no casamento, onde por sinal me diverti muito, uma moça que estava lá me emprestou seu batom.

Susana me olha com os olhos arregalados enquanto minha tia fica atenta à minha explicação como se tentasse encontrar uma lógica.

— Fui ao banheiro para passar e quando saí não consegui encontrá-la — minto descaradamente — sei que parece bobagem, mas era um batom muito caro e gostaria de devolvê-lo e agradecer por me emprestar.

— Uau — ela diz desapontada — e eu aqui pensei que você estava vindo me ver.

Sinto-me um ser ruim, mesquinho e miserável.

— E eu prometo que farei. Esse esfriamento entre nós tem que acabar, me sinto muito bem aqui.

Sou sincero, tanto que até me surpreendo. Minha tia abre outro sorriso, me fazendo pensar cada vez mais por que ela e minha mãe mal mantêm contato. É verdade que seus mundos são completamente diferentes e isso às vezes cria uma barreira, mas minha tia ou é uma atriz incrível, ou me parece cada vez menos aquela mulher altiva e arrogante que minha mãe costuma me descrever e que sempre acreditei, me fazendo uma ideia preconcebida da mulher na minha frente.

— Espero que seja verdade, você não sabe como ficarei feliz se você vier.

Agora há outro fato que me surpreende. Normalmente, ele diria para vir visitar com meus pais, mas ela só fala sobre mim. Existe algo em meus quase quarenta anos que eu perdi? Às vezes me parece incrível o pouco interesse que sempre demonstrei por essa parte da minha família. Agora que penso nisso, o motivo de minha mãe parece fraco demais para duas irmãs que vivem duas horas de distância uma da outra passem anos sem se ver.

— Bem, me diga, quem era essa garota? — ela pergunta intrigada.

— Bom, é isso, não lembro o nome dela. Presumi que talvez você a conhecesse e pudesse me ajudar a localizá-la.

— Ah, filha, eu desejo, mas se você não me der mais alguns detalhes será difícil para mim ajudá-la.

Descrevo para minha tia todos os detalhes que me lembro sobre ela sem enfatizar como ela me parecia extremamente bonita.

— Parece familiar para mim — diz de repente, fazendo meu coração bater — é a garota que dançou com você na pista, certo? Eu te vi por um tempo, você parecia estar se divertindo muito.

— Sim, exatamente, foi isso. Sabe quem é?

— Bem, desculpe não poder ajudá-la, Vega, mas não a conheço.

— Não poderia ser a família do lado do tio?

— Não, não, isso eu garanto. Conheço toda a família do seu tio e aquela garota não é parente dele. Muito provavelmente, ela veio por parte de Goyo, marido de Ana.

Então se chama Goyo.

— De sua família eu só conhecia seus pais e sua única irmã, e ela não era aquela garota. Talvez fosse uma prima ou uma de suas amigas. Lamento não poder lhe dizer mais nada — diz ela com sinceridade — mas se você esperar algumas semanas, podemos perguntar a Goyo quando eles voltarem da lua de mel, não consigo pensar em outra maneira de localizá-la , embora eu pergunte ao seu tio quando ele voltar do golfe. Talvez ele saiba quem é.

— Não se preocupe, tia, é só um batom. Vou procurá-la nas redes sociais entre os amigos de Ana e tenho certeza que vou encontrá-la — minto para mantê-la calma.

— Mesmo assim, gostaria de ter ajudado mais — lamenta enquanto Susana permanece surpreendentemente silenciosa.

— Você já me ajudou me recebendo com este lanche suculento.

— De verdade? — sorri feliz.

— Claro, com certeza.

Ficamos cerca de uma hora mais na casa da minha tia conversando sobre outras coisas que nada têm a ver com o assunto que me trouxe aqui. Está interessada na minha vida, em saber pela minha boca como as coisas foram ou em que consiste o meu trabalho. A cada minuto que passo ao lado dela sou mais invadida pela sensação de que algo muito específico aconteceu entre ela e minha mãe, que é o verdadeiro motivo de terem perdido o contato. Estou tentada a perguntar a ela várias vezes, mas me seguro porque gostaria que minha mãe fosse a única a se abrir comigo.

Enquanto eu e minha tia conversamos sobre nossas coisas, Susana engole biscoitos e ouve com atenção sem entrar na conversa. Se ela continuar engolindo assim, quando sairmos teremos que ir direto para o pronto-socorro.

Despedimo-nos de minha tia com a promessa de que em breve lhe faria outra visita, e nos trancamos no carro.

— Achei muito legal — diz Susana.

— Sim — respondo pensativa.

— Bem, não conseguimos nada dessa forma, vamos ter que passar para o plano B.

— Plano B?

Saí da casa dela como se um balde de água fria tivesse sido jogado em mim, não consigo pensar em outra maneira de descobrir quem é a garota do casamento a não ser esperar meus primos voltarem.

— Claro, poderíamos ir até o hotel onde foi realizado o casamento e tentar conversar com quem está encarregado do assunto, seus primos tiveram que dar uma lista com os nomes dos convidados e o local para onde iam sentar para que pudessem preparar os cartões.

— Aqueles cartões não tinham sobrenomes — eu me oponho, mesmo que a ideia não pareça tão ruim para mim.

— Mas se você vir o nome dela, tenho certeza que saberá reconhecê-la, e se for tão raro como você diz, acho que não há muitos nas redes sociais que o tenham.

— Não sei, Susana, estou começando a achar que isso é uma loucura. Eu mal a conheço e ela ficou muito prejudicada com a bebida, talvez tudo que eu lembro dela não se assemelhe em nada à realidade e que a intensidade do que eu senti foi só por isso, porque eu estava bêbada e percebi tudo ampliado — reconsidero.

— Não estou na sua cabeça para saber como você se sente, muito menos para lhe dizer o que fazer. Também penso como você, nesse estado tudo costuma ser muito confuso, por isso todos os arrependimentos vêm no dia seguinte. Você vai para a cama com alguém que parece ser o homem da sua vida em um momento quente e ao acordar encontra uma pessoa que não é nada parecida com a imagem que você percebeu quando tomou a decisão.

— Eu sei, talvez seja melhor se eu deixar pra lá. Não posso mudar meus planos para uma estranha com quem me diverti por algumas horas, mesmo que ela me desse um beijo que me deixou sem palavras.

— Ou que você acha que ela fez, mesmo que tenha sido realmente uma merda — diz ela.

Uma merda é o cacete, não poderia ser se toda vez que me lembro estremeço, se não respondo é porque não quero dar tantos detalhes à Susana.

— Vou tirar uns dias de férias conforme o planejado, vou passar uns na praia e outros na serra, preciso me desconectar de tudo e relaxar.

— Concordo, acho que é a coisa certa a fazer, embora deva admitir que a ideia de procurar sua amante parecia muito divertida e desafiadora — admite com uma cara de aborrecimento.

— Ela não era minha amante — protesto, olhando para ela.

— Não, porque você foi sábia o suficiente para parar a tempo, caso contrário teria sido.

Não tive juízo, era ela, porque se ela me tivesse pedido, sei que não teria podido recusar e teria me entregado a ela sem hesitar, mas de novo fico calada.

— Bem, vamos voltar. Assim que eu chegar, vou arrumar minha mala e ir embora.

— Por onde você vai começar? — pergunta quando já estamos em andamento.

— Não sei, paro quando estiver cansada e alugo um quarto em qualquer hotel. Desta vez não quero planejar nada.

Suspiro resignada, sei que estou fazendo a coisa certa, mas a ideia de não a ver novamente para ter a oportunidade de verificar se o que senti era real ou não, ainda é algo que me martiriza. No entanto, devo ser sensata e consciente de que não posso mudar minha vida por algo tão efêmero como o que aconteceu naquela noite, além disso, se fosse recíproco, ela também poderia estar me procurando, e por enquanto ninguém me contatou.

— Não faça essa cara, Vega, você está fazendo a coisa certa. Aproveite suas férias e viva a vida, foda quem você quiser se estiver ao alcance e depois siga seu caminho.

Seu conselho é muito contraditório, ela concorda que eu não deveria dormir com a garota no casamento, mas está bem comigo transando com outra pessoa. Às vezes minha amiga Susana é um quebra-cabeça impossível de montar.

Capítulo 9

Os dias começam a passar um após o outro sem descanso e, não importa quantas coisas eu faça, não importa quantos lugares eu visite ou pessoas que eu conheça, ela ainda está lá. A mulher sem nome ocupa boa parte dos meus pensamentos todos os dias e eu diria até que está cada vez pior.

Explosões de imagens me assaltam cada vez que fecho os olhos e me lembro dela com a clareza que a imagem que tenho dela pode me dar. Seus olhos brilhantes me observando com o que agora acho que era fome enquanto estávamos prestes a tomar a dose de tequila que, na minha opinião, acabou comigo. Suas mãos na minha cintura quando dançamos juntas e seu rosto enterrado na cavidade do meu pescoço, senti que nos encaixávamos perfeitamente e ainda sinto isso agora. E o beijo, aquele momento de tensão no jardim, ela prestes a sair e meu coração disparado dentro do meu peito enquanto meu corpo permanecia paralisado sem ousar gritar para ela parar. E então ela voltou, por vontade própria, eu não tive que pedir nada, ela fez porque quis e é algo que eu não consigo parar de pensar nesses últimos dias. Por que me beijou? Tinha que fazer isso porque gostava, na minha opinião ninguém sai por aí beijando ninguém por mais bêbado que esteja só por beijar, muito menos outra mulher. Tinha que haver algo, um mínimo de atração por menor que fosse, senão não teria feito.

Eu belisco a ponta do meu nariz, então corro meus dedos ao longo da linha das minhas sobrancelhas em uma tentativa de me acalmar. Estou numa praia desfrutando de um pôr-do-sol espetacular que seria perfeito não fosse o fato de que algo está faltando; sinto falta dela.

Tiro o telefone do bolso e, enquanto vejo o pôr-do-sol ao longe entre um jogo de cores que me fascina, disco o número de Susana.

— Eu não posso continuar assim — digo assim que ela me cumprimenta do outro lado da linha.

— Seguir assim? Do que você está falando? — pergunta sem entender nada.

Às vezes admiro muito a paciência da minha amiga comigo, de verdade.

— Não consigo tirá-la da cabeça, Susana.

— Você ainda está fazendo isso seriamente? Achei que você tinha superado o absurdo.

Não posso culpá-la, nas duas semanas que estou tropeçando sem rumo, conversamos quase diariamente ao telefone, mas em nenhuma dessas ocasiões falei mais sobre ela. Eu conscientemente a deixei acreditar que foi a explosão de uma mulher caprichosa que está eufórica porque outra mulher prestou atenção nela e a beijou. Mas não é isso, e continuar me negando não fará com que o que sinto dentro do meu peito vá embora, pelo menos não a curto prazo.

— Achei que se não falasse sobre isso me ajudaria a parar de pensar nela, mas não aconteceu. Preciso encontrá-la para ver se o que sinto por ela é real ou apenas um reflexo distorcido do que realmente senti.

— Ok, vamos colocar a Operação Alien de volta nos trilhos.

Por que diabos ela está tão ansiosa? Se ela soubesse o quanto estou passando mal, talvez ela não ficasse tão feliz em ter que procurar uma estranha para que sua amiga saiba o que diabos está acontecendo com sua cabeça.

— Não a chame assim, aquele bicho era nojento — protesto.

— Eu vou chamá-la do que eu quiser até que você se digne a lembrar o nome dela. É só que me parece muito forte que aquela garota penetrou tão profundamente quanto diz e você não conseguiu reter o nome dela.

O nome dela foi a última coisa que me interessou naquela noite, nós trocamos por uma formalidade, era uma formalidade e então nenhuma de nós teve que usar o da outra porque não nos afastamos até que a festa acabasse.

— Você se lembra de todos os caras que você fode quando sai? — me defendo atacando.

— Isso é um golpe baixo, e não é a mesma coisa, porque tenho claro desde o início o que quero com eles, e isso não contempla um segundo encontro, portanto, saber o nome dele é um tanto irrelevante.

Saco. Eu gostaria de dizer que é meio vagabunda, mas não posso, primeiro porque acho que não, e segundo porque eu realmente invejo sua capacidade de traçar uma linha tão clara e saber desde o início o que está disposta a dar a cada pessoa.

— Eu realmente gosto da Operação Alien — ela insiste, me fazendo bufar.

— Ok, você chama do que quiser, desde que me ajude a encontrá-la.

— Feito. Além disso, você está com sorte porque eu começo minhas férias amanhã e você pode me ter em tempo integral.

Não é que eu tenha sorte, é que eu sei e isso tem sido parte do motivo que me ajudou a aguentar essas duas semanas. Preciso que ela me ajude porque tenho medo de perder a cabeça e, como melhor amiga, sei que ela não vai a lugar nenhum este ano porque está economizando para uma Harley. Essas odiosas motocicletas são uma de suas paixões.

— Já pensou por onde começar? — pergunta com a boca cheia.

Não entendo como ela não engorda, fica o dia todo comendo.

— Sei que minha prima e o marido voltaram ontem da lua de mel, posso ligar para ela e perguntar.

— Que chato — diz ela desapontada.

— Por que diz isso?

— Bem, porque a Operação Alien vai durar muito pouco. Você ligará, o marido lhe dirá quem ela é, e a busca terminará.

Eu gostaria, eu gostaria que fosse tão fácil.

— Esquece que mais tarde terei que localizá-la, mesmo que me deem o telefone dela, não quero que o primeiro contato seja assim, preciso vê-la.

— Bem, passo a passo. Volte aqui, ligue para sua prima e dependendo do que ela disser, você decide o que fazer.

— Está bem.

Depois de desligar a ligação com Susana sinto-me eufórica, não sabia que a sensação de retomar a busca me encheria tanto. O sol há muito se pôs completamente e eu me levanto de um salto. Volto para o hotel onde estou hospedada nos últimos três dias e digo a eles que vou sair do quarto esta noite.

— Você não está feliz com alguma coisa? — o cara na mesa pergunta absurdamente.

Se eu não estivesse feliz, teria reclamado no primeiro dia.

— Eu tive uma estadia perfeita, é uma questão pessoal — acalmo antes de me virar.

Subo para o meu quarto, faço a mala e saio do hotel para ir para o carro. Prefiro dormir em casa esta noite e começar a busca amanhã a partir de um terreno familiar.

Capítulo 10

O que aconteceu foi bastante constrangedor. Acordei mais tarde do que queria porque ontem à noite, entre a hora que cheguei, desfiz as malas, tomei banho e comi alguma coisa, fui dormir bem tarde. Quando acordei, a primeira coisa que me veio à mente foi o motivo da expectativa do meu retorno e meu coração voltou a bater mais forte. Eu amaldiçoo a garota do casamento por tudo que ela está me fazendo passar, se eu conseguir encontrá-la e não sentir o mesmo acho que vou ficar batendo minha cabeça contra a parede por uma semana inteira. Embora, pensando bem, não sentir nada ao vê-la seja a melhor coisa que poderia me acontecer, porque como sou indiferente a ela em vez de bater minha cabeça contra a parede, o que vou fazer é afundar na merda.

Sentei-me no sofá com a determinação de ligar para minha prima Ana e perguntar sobre ela, e aí encontrei o primeiro problema; não tenho o número da minha prima. Isso não me fez sentir particularmente mal porque, como quase nunca tivemos contato, também não me pareceu estranho não ter, mas cheguei à conclusão de que a melhor pessoa para me dar era minha tia, e acontece que também não tenho o dela. Isso me fez sentir uma estranha inquietação, porque depois da visita que fiz há duas semanas senti que um pequeno vínculo foi criado entre nós. Solução para obtê-lo? Ligar para minha mãe.

— Preciso que você me dê o telefone da tia Manuela — digo depois de conversar um pouco e mentir para dizendo que voltei mais cedo porque também queria estar em casa sem mais nada para fazer.

Há um silêncio estranho do outro lado da linha onde só ouço sua respiração, posso imaginá-la ligando todas as máquinas em sua cabeça para encontrar uma razão que explique por que estou perguntando a ela.

— O número da sua tia? — repete como se não acreditasse muito nisso.

— Sim, mãe!

— Para que? — finalmente se atreve a perguntar.

Eu deveria ter antecipado essa pergunta e ter uma resposta pronta, como não tenho, também me permito alguns segundos para avaliar se quero mentir para ela ou dizer a verdade, no final, opto pela segunda opção, não quero complicar as coisas.

— Preciso do número da prima Ana, e imagino que você não tenha.

— Bem, agora que você mencionou, eu tenho — responde me deixando atordoada.

— Sim?

— Sim, foi ela quem ligou pessoalmente para nos convidar para o casamento e me pediu para anotar o número para confirmar se íamos.

— Ah — respondo nervosa.

— E para que exatamente você quer?

— Sem querer, peguei um batom muito caro de uma amiga dela e quero devolver — desta vez estou mentindo — você pode me dar?

— Claro.

Quando anoto, vejo claramente que esta é uma boa oportunidade para perguntar sobre aquele distanciamento com minha tia.

— Mãe, posso te fazer uma pergunta?

— Claro — ela responde um pouco tensa.

— Por que você e tia Manuela não têm mais um relacionamento?

— Já lhe disse muitas vezes.

Na verdade, não, é um assunto que ela não gosta e na maioria das vezes se esquiva da pergunta ou muda de assunto diretamente, mas quando responde é sempre a mesma coisa, e agora percebo que soa como uma frase ensaiada, algo que ela memorizou e que solta para me calar e resolver o assunto. Até agora funcionou para mim, mas depois de conversar naquela tarde com minha tia, acho que não funciona mais. Agora sinto que tenho duas frentes abertas; encontrar a menina do casamento e descobrir o que aconteceu entre minha mãe e minha tia.

— Embora sejamos irmãs, pertencemos a mundos diferentes — ela continua recitando mecanicamente — ela sempre com seus amigos ricos e preocupada com sua posição social, você sabe que somos pessoas simples.

— Bem, eles pareciam muito próximos de mim no casamento, fizeram questão de que eu não me sentisse excluída.

Também não é totalmente verdade porque eles me sentaram na mesa dos esquisitos, mas acho que eles também não tiveram escolha, onde você coloca aquele membro solitário da família que mal conhece?

— Claro, vamos ver se eles vão discriminar você — ela cospe irritada.

Do que se trata essa mudança de humor? Talvez seja porque pela primeira vez não fiquei satisfeita com sua resposta habitual e isso a deixa na defensiva. Decido ser mais direta.

— Mãe, eu não acho que vocês se tratam tão friamente só por causa disso, tem que haver outra coisa. O que aconteceu entre vocês? Discutiram sobre alguma coisa?

— Por que tantas perguntas, Vega?

— Só quero saber, sou sua filha e estou do seu lado, mas gostaria que me contasse a verdade.

— Você nunca esteve tão interessada, ela te disse alguma coisa?

— Não, ela não me disse nada. No entanto, já lhe disse que não me pareciam tão frios ou distantes.

Na verdade, meu tio em particular me pareceu um homem bem-humorado, um tanto atordoado, toda vez que me lembro dele com o isqueiro na mão, um sorriso me escapa. Houve apenas um longo silêncio do outro lado da linha, agora não ouço sua respiração porque acho que ela está segurando.

— Mamãe?

— Ok, eu vou te contar tudo, mas não pelo telefone ou na frente do seu pai. Venha amanhã à tarde, ele combinou de encontrar o vizinho para dar um passeio, já que o gesso foi removido e ele mal se mexe.

— Certo, mamãe. Obrigada.

Agora estou tremendamente intrigada. Eu tinha razão, há algo que explica todo esse estranhamento e passei trinta e nove anos sem saber. Às vezes acho que sou uma pessoa egoísta que vive trancada em seu mundo, completamente longe dos problemas dos outros.

— Vou deixar você, filha, vou preparar a comida.

Me despeço da minha mãe e, antes que tenha tempo de repensar e mudar de ideia, disco o número da minha prima

Ana. Quando ela atende percebo sua surpresa inicial com a minha ligação, aliás, eu teria ficado surpresa também.

— Uff, bem, eu não estou lembrando agora — diz quando eu termino de explicar quem estou procurando e por quê — se ao menos você se lembrasse do nome.

— Sim, sinto muito, é que ela me disse quando nos apresentamos e acho que minha mente não terminou de processar.

— Tenho certeza de que nenhum de nós tinha cérebro naquela noite — ela ri com diversão.

Porra, se eu gosto dela no topo. Como pude estar tão longe deles todo esse tempo? Embora vistos de outra perspectiva, eles também poderiam ter feito o esforço.

— A minha foi terrível, bebi demais. Você acha que poderia ser da família ou amiga de Goyo?

— Claro, a família dele é muito grande e ele tem muitos amigos, mas ainda não conheço todos.

— Compreendo.

— Vamos fazer alguma coisa, Vega. Goyo não está aqui agora, mas estará de volta depois do almoço. Por que você não vem à minha casa esta tarde? Então você pergunta diretamente a ele, certamente ele perceberá imediatamente e lhe dirá o nome.

— Não se importa? — pergunto um pouco envergonhada.

— Claro que não, assim passamos um pouco mais de tempo juntas, somos uma família e eu mal te conheço.

Nisso você está absolutamente certa, eu me pergunto se ela sabe o que aconteceu entre nossas mães. Será tão grave a ponto de justificar esse distanciamento? Estou cada vez mais intrigada.

— Ok, você se importa se eu levar uma amiga comigo? Assim não viajo sozinha.

— Pode vir com quem quiser, agora eu te passo o endereço no celular.

— Obrigada Ana.

— De nada, diga olá para seus pais por mim.

— Claro, e você nos seus.

Despeço-me de Ana e passados alguns segundos recebo a sua localização, ligo imediatamente para Susana.

— Prepare-se, depois de comer vamos para a casa da minha prima.

— Operação Alien em andamento — ela responde alegremente, se não estivesse com o celular na mão, tenho certeza que a burra até aplaudiria.

Capítulo 11

Ana e Goyo nos recebem em sua casa como dois esplêndidos anfitriões e a primeira coisa que fazem é mostrar com orgulho qual é sua nova casa juntos.

— Que homem grande — Susana sussurra para mim, impressionada.

Eu não respondo porque isso é dar corda a ela e eu não quero que comece com seus "uau" ou "uh lalá" toda vez que entramos em uma nova sala.

— Gostaria que tomássemos uma bebida no jardim — lamenta Ana —, mas você vê que o tempo não está do nosso lado.

É verdade, está chovendo desde o meio-dia. Não é uma chuva forte, mas é daquelas que não para e te deixa ensopado até os ossos em menos de um minuto. Além disso, é acompanhado por um ar bastante irritante, daqueles que faz a umidade entrar em você nas profundezas.

— Bem, Ana disse que você está procurando a garota do casamento — Goyo diz assim que nos sentamos na sala de jantar para tomar um café.

Estou paralisada com a decisão de suas palavras, a garota do casamento. É assim que eu a chamo.

— Sabe quem é? — pergunto meu coração acelerado novamente.

— Acho que quer dizer a garota com quem você estava no jardim, certo?

Que pena, ele se lembra.

— Ah — minha prima exclama de repente — é aquela garota com quem você estava dançando?

— Sim — respondo envergonhada quando Susana solta uma risada.

Que tapa ela tem às vezes.

Goyo tira um maço de cigarros do bolso da camisa e me oferece um.

— Não fumo, obrigada.

— Desculpe, pensei que sim — diz ele, oferecendo também a Susana, que o rejeita com um aceno de cabeça.

— Não, eu só fumo em casamentos.

— Como eu — diz Ana — não entendo a necessidade de destruir seus pulmões — ela o repreende.

Goyo decide ignorá-la e não entrar em uma discussão absurda por regra.

— Bem, então você sabe quem ela é? — pergunto para quebrar o momento de tensão.

— Bem, a verdade é que não, pensei que fosse sua parceira.

— Minha parceira? — pergunto com o rosto contorcido.

Não só ele parece não conhecer, mas assume que éramos namoradas. Pode piorar?

— Sim, não sei, vi vocês tão bem juntas no jardim — ele explica um pouco corado — vocês pareciam ter muita química, e então na pista de dança, bem, eu não sei, parece que não entendi. Sinto muito.

— Não, não se preocupe — limpo minha garganta em descrença.

— Então você não sabe quem ela era? — Ana pergunta espantada.

— Não — ele responde enfaticamente — não era ninguém próximo de mim, estou lhe dizendo, eu assumi que era a namorada de Vega.

Ana pisca para mim várias vezes enquanto o cu da Susana tenta segurar o riso.

— E não poderia ser a parceira de um amigo seu? — Ana insiste.

— Impossível, ele teria me apresentado.

— Talvez você não se lembre — Susana intervém pela primeira vez — se todos vocês estavam afetados tanto quanto Vega, é normal que tenham lacunas.

Eu a quebro, sério.

— Eu tenho algumas lacunas — ele responde com um sorriso maldoso que faz minha prima babar — mas não, tenho certeza que ela se lembraria disso.

Eu caio de volta no sofá em uma decepção chocante, além de um vazio interior que está começando a me deixar tonta.

— Então — Susana intervém novamente, para quem isso está ficando realmente interessante — se ela não era sua família, de onde ela veio?

— Talvez ela fosse camareira de hotel — supõe Ana.

— Acho que não — refuta Goyo — estamos falando de um hotel de quatro estrelas, nenhuma camareira arriscaria seu salário para se infiltrar em uma festa.

— Quando você a viu pela primeira vez? — pergunta minha prima, que parece estar gostando tanto quanto a Susana.

— No jardim, quando encontrei Goyo e seu pai. Saí para tomar um ar fresco e fui para os fundos do jardim para não ouvir tanto a música, precisava me desligar um pouco do barulho. Encontrei sentada em um dos bancos.

De repente e sem saber por qual motivo absurdo, começo a pensar que talvez fosse um fantasma e um arrepio percorre todo o meu corpo. Felizmente, lembro-me imediatamente que todos viram, não foi minha alucinação.

— Quando foi isso? — Susan pergunta.

— Depois do jantar, quando a dança começou.

— Consegui — exclama Goyo de repente.

— Você ainda se lembra dela? — Ana pergunta — se já sabia que tinha que vir da sua parte.

— Não, Ana, não a conheço nada, mas pode ter sido alguém do outro casamento.

— Do outro casamento? — pergunto franzindo a testa.

— Sim. Nesse mesmo dia, três banquetes diferentes foram realizados no hotel. Cada um de nós foi designado para uma sala de jantar. Talvez aquela garota fosse uma convidada de outro dos casamentos que escapuliu para ver o que estava acontecendo nos outros.

— Como fez isso? Qual é o ponto? — Ana pergunta toda inocente.

— Tem tudo — responde Susana — já fiz mais de uma vez. Quando as pessoas vão com tudo, ninguém percebe alguém novo, você só pensa que é alguém que não conheceu ou notou durante a cerimônia.

— E para que você vai fazer isso? — pergunta perplexa.

— Droga, Ana — ri Goyo — bem, para flertar ou simplesmente porque o casamento em que você está parece um pé no saco e você se esgueira nos outros para ver se as coisas estão mais animadas.

— Uau — ela diz pensativa.

Agora me inclino para frente apoiando os cotovelos nos joelhos, se a menina do casamento não era do nosso casamento, as coisas ficam muito complicadas.

— Então será impossível encontrá-la — bufo resignadamente.

— Também não é grande coisa, mulher, é só um batom — Ana tenta me animar.

Goyo olha para mim e pisca para mim conscientemente, deixando claro para mim que ele percebeu que a coisa do batom é uma pantomima e que eu estou realmente procurando por outro motivo. Ele se levanta e vai até um armário onde pega sua carteira e tira algo.

— Aqui, este é o cartão do responsável pelos casamentos do hotel. Vá lá e pergunte por ela, talvez possa te ajudar.

— Obrigado, Goyo — digo aceitando.

Quando saímos da casa dela, caio no banco do carro em derrota. Viro o cartão sem saber realmente como essa pessoa vai me ajudar.

— Não seja dramática — diz Susana, tirando-o das minhas mãos.

Ele pega o celular e aponta o endereço do hotel no GPS.

— O que está fazendo?

— Vamos lá agora.

— Enlouqueceu? E o que dizemos a ele? Essa pessoa está encarregada de organizar os casamentos, não de memorizar os rostos das mais de quinhentas pessoas que ali se reuniram naquela noite.

— Não precisamos que memorize seu rosto, apenas nos deixe ver a lista de convidados — diz ela convencida — deixa comigo.

Meia hora depois entramos no saguão do hotel e Susana solta um grito de choque.

— Que forte, como seus primos gastam — diz ela, impressionada.

— Na verdade, meus tios pagaram.

Susana caminha decidida em direção às duas mulheres da recepção e fica diante de uma delas, a mais nova.

— Com licença, duas semanas atrás minha amiga estava aqui em um casamento no sábado à noite. Uma mulher que por acaso pertencia a outro dos casamentos aqui naquela noite emprestou-lhe algo que ela gostaria de devolver, mas você sabe o que acontece em casamentos, onde uma mulher bebe até não conseguir lembrar seu nome, muito menos o nome de outra pessoa que você acabou de conhecer.

A menina olha para ela estupefata enquanto eu morro de vergonha.

— Eu queria saber se você poderia nos dar a lista de convidados que estavam nos casamentos naquele dia, caso algum dos nomes soasse parecido, ou avisar alguém que pode nos ajudar.

— Sinto muito, senhora, você terá que voltar pela manhã, a pessoa encarregada desses assuntos já foi embora.

— E você não pode procurar essa lista? Tenho certeza de que ainda a têm por aí.

— Desculpe, não tenho acesso a essa informação.

— Ok, obrigada pela sua atenção, estaremos de volta amanhã.

Susana se vira muito orgulhosa, certa de que sua atuação foi digna da melhor das atrizes depois daquele desperdício de educação e formalidades que não combinam com ela.

— Fica ótimo em você, embora fosse mais crível se ao invés de calças rasgadas você usasse um vestido e salto alto como todas as garotas elegantes daqui.

— Você é a única a quebrar momentos.

Quebrado estou eu com a decepção. Dirigimos duas horas até a casa do meu primo para descobrir que ninguém conhece a garota do casamento.

— Amanhã de manhã voltamos e está tudo arranjado — diz Susana para me animar quando entramos no carro.

Quão decepcionada eu me sinto?

Capítulo 12

No dia seguinte é a Susana que me vem buscar às dez horas para voltar ao hotel. Quer obtenhamos informações ou não, voltaremos e eu a convidarei para almoçar como um agradecimento por se juntar a mim, mesmo que a putinha esteja se divertindo muito. Mais tarde irei à casa da minha mãe para que ela possa finalmente me explicar o que era tão grave que a distanciou de sua única irmã.

— Vamos lá — minha amiga ordena com determinação.

Susana quase saltou do carro quando estacionamos. Hoje ela está usando um lindo vestido de tiras com sandálias que não a deixarão com cara de classe alta, mas também uma mendiga como eu, que está vestindo short jeans, regata da minha banda favorita e chinelos de praia. Ao contrário de ontem, hoje é um dia maravilhoso e terrivelmente quente para o quão cedo é.

— Claro que você poderia ter vestido outra coisa — ela reclama pela segunda vez.

A primeira foi quando me viu sair de casa e mandou que eu voltasse para colocar algo mais decente, mas não me deu vontade.

— Fique atrás de mim e carregue minha bolsa como se você fosse minha serva.

Não foi um pedido de casamento, ela apenas bateu a bolsa no meu peito, colocou óculos escuros que cobriam três rostos e começou a andar. Não falo nada com ela porque não estou com vontade e, afinal, é ela que vai me defender, estou morrendo de vergonha, e como ela não tem, complementamos uma a outra assim.

Ando alguns passos atrás dela e chegamos à recepção. Nenhuma das duas mulheres de ontem está lá, em vez disso, há dois homens e obviamente minha amiga vai para aquele que é mais atraente para ela. Para minha surpresa, ela não solta todo o palavreado que soltou para a pobre menina de ontem, que a escutou estoicamente por polidez, ela lhe mostra o cartão que Goyo me deu.

— Você pode notificar essa pessoa? Minha namorada e eu vamos nos casar e queremos realizar o banquete aqui.

Eu quase deixei cair a maldita bolsa no chão, mas o que diabos há de errado com ela? Não havia necessidade de dizer isso. O cara sorri para ela com uma simpatia ensaiada e dá uma olhada rápida para ela e depois para mim, sem dúvida nos imaginando paradas ao lado de um carro enquanto nos molhamos. Eu juro que vou estrangulá-la com minhas próprias mãos.

— Posso saber por que você disse isso a ele? — pergunto segurando minha voz quando o menino pega o telefone para notificar a pessoa em questão.

— Ah, Vega, não seja boba. E quão feliz ele estava? Tenho certeza que vai se masturbar hoje pensando em nós.

— Bem, honestamente, prefiro não ser o objeto de seus pensamentos sujos, muito menos com você.

— Você gosta de mulher, Vega, não me venha com escrúpulos.

Eu morro de raiva, isso já caiu no clássico neandertal que como gosto de mulher, gosto de todas.

— Achei que você tivesse a mente mais aberta — protesto mal-humorada.

Minha fala é interrompida quando um homem de terno que responde pelo nome no cartão se aproxima de nós, se apresenta e nos convida para uma sala de jantar que está fechada. É a mesma onde foi realizado o casamento de Ana e Goyo, e quando meus olhos focam no local onde ficava a área de dança, uma corrente quente percorre meu corpo enquanto me lembro do momento em que a garota me pegou pela cintura e me apertou contra ela para dançar aquela música lenta.

O homem começa a mostrar-nos o salão, mas Susana tem a amabilidade de não perder tempo e explica o verdadeiro motivo que nos levou até lá quando entram dois garçons para começar a preparar as mesas para a próxima festa.

— Desculpe, os dados do cliente são confidenciais e não posso fornecer a lista — ele responde muito sério, é claro que está chateado que o enganamos para fazê-lo vir.

— Não pedimos sobrenomes e endereços de ninguém, tudo o que precisamos é a lista de convidados. Essa mulher tinha um nome inusitado, só queremos saber qual é e, se você também tiver a gentileza de nos dizer de onde são os noivos, ficaríamos muito agradecidos, eu cuidaria disso pessoalmente.

Susana acaba de exibir todas as suas armas femininas, acaba de lhe dar uma piscadela e insinuar-se descaradamente. Tenho certeza de que em uma ocasião normal teria funcionado e ela estaria disposta a pagar sua dívida, porque o homem é muito bonito, o problema é que parece que minha amiga não percebeu que este tem mais pena do que um peru real.

— Tenho certeza — ele responde educadamente — mas não posso ajudá-la, sinto muito. Agora, se me dá licença, tenho outra visita esperando.

O homem não dá chance de responder e desaparece pela porta. Outro beco sem saída, tenho que assumir que nunca a encontrarei.

— A Operação Alien não pode acabar assim — diz Susana, olhando para mim — vamos lá, vamos, vamos dar um jeito.

Eu gostaria de ter a mesma determinação que ela, ou pelo menos ser tão positiva.

— Desculpem.

Nós duas viramos para um dos garçons que está colocando os copos na mesa.

— Eu não queria ouvir a conversa, mas estar aqui ao lado tornou impossível para mim não ouvir — ele se desculpa.

— Não se preocupe — digo sem entender nada.

— Veja o site do hotel, na aba de comemorações — diz ele, olhando em volta como se estivesse cometendo um pecado.

— O que está nessa guia?

Mais uma vez meu pulso está acelerado, se continuar assim não chegarei viva ao final das férias.

— Pequenas reportagens das comemorações que aqui acontecem costumam ser postadas, desde que os clientes deem o seu consentimento, e todos costumam fazê-lo porque o hotel lhes oferece um pequeno desconto, desta forma promovem.

— Entendo — diz Susana pensativa.

— Geralmente há algumas fotos do salão com os convidados e uma principal dos noivos, com seus nomes incluídos.

— Obrigada — digo animadamente — sério, muito obrigada.

O cara sorri e eu estou tentada a beijá-lo na bochecha, mas me controlei e apenas puxei minha carteira e dou a ele uma nota de vinte pela informação. Ele sorri novamente e rapidamente o guarda no bolso.

Saímos do hotel como duas loucas e fomos para o terraço do bar do outro lado da rua. Pedimos algo para comer e aproximamos as cadeiras tanto que Susana quase me dá uma cotovelada nas costelas.

— Porra, você é tão estúpida — eu reclamo.

— Cale a boca e pegue seu celular — ela me pede impacientemente.

Não que ela estivesse procurando desesperadamente por alguém. Assim que estou digitando o nome do hotel no mecanismo de busca, a garçonete aparece com nossos pratos e eu bufo.

— Vamos — diz Susana quando finalmente nos deixa a sós.

Termino de digitar o nome e o resultado aparece rapidamente no mecanismo de busca. Clico no hotel e quando a página abre meu queixo cai.

— Não posso acreditar nisso — digo com os dentes cerrados.

— Garota, você deve estar azarada ou algo assim — pensa Susana, balançando a cabeça.

Uma mensagem aparece na tela indicando que o site está em manutenção, diz para tentar mais tarde, o que significa que pode levar horas. Desligo meu celular, relutantemente o deixo na mesa e de repente nós duas temos um ataque de riso que não se pode controlar. Rimos absurdamente por alguns minutos que conseguem nos aquecer ao extremo, mas, por outro lado, consigo diminuir essa tensão que sinto. Por que é tão difícil encontrar essa mulher?

— Bem, vamos comer e ir para casa, combinei de encontrar minha mãe. Espero que quando eu terminar eles tenham acabado de fazer a maldita manutenção.

— Tenho certeza que sim, aproveito também para ir ver meus pais, posso passar na sua casa às oito? — Susana pergunta, cutucando uma porção impressionante de salada.

— Perfeito.

— Eu vou levar o jantar, o que você quer?

Olho para ela com um garfo na mão, ainda não terminamos de comer e ela já está pensando no jantar.

Capítulo 13

Deixei a Susana na casa dela e vim diretamente para a casa da minha mãe. Desde que entrei, ela não faz nada além de girar e deixar a perdiz tonta. Isso está me deixando quase tão nervosa quanto ela.

— Quer mais açúcar no seu café? — pergunta antes de se sentar.

— Não, mãe, tudo bem.

Observo enquanto mexo o conteúdo do copo e ela vira uma embalagem de biscoito.

— Talvez o melhor seja ir para a sala de jantar, ficaremos mais à vontade no sofá.

Aperto a ponta do nariz e não protesto, basicamente porque ela já está de pé e colocando tudo em uma bandeja para carregar. Agora nos sentamos na mesinha, ela no sofá e eu na cadeira que meu pai normalmente ocupa.

— Mãe, pare de pensar nisso porque você vai me enlouquecer, me diga de uma vez por todas, não pode ser tão ruim que te custe tanto — digo tentando diminuir a tensão.

— Agora não é ruim, porque é uma das melhores coisas que a vida me deu, mas na época o que sua tia fez parecia horrível para mim — ela finalmente começa a explicar.

— O que fez? — estou cada vez mais intrigada.

A imagem de minha tia quando estávamos em sua casa passa pela minha mente e é impossível para mim imaginá-la fazendo algo tão horrível que sua irmãzinha nunca foi capaz de perdoá-la, ou pelo menos esquecer.

— Quando comecei a comemorar com seu pai, sua tia saía com um rapaz da cidade há dois anos, ele era de família humilde, como nós, e um menino muito bom. Naquela época, outra família chegou à cidade, o pai era banqueiro e dizia-se que vinha de uma família muito rica, com muitas terras e posses.

Minha mãe se detém para tomar um gole de chá e seu olhar se perde em algum lugar longe daqui, permito-lhe alguns segundos sem pressioná-la, até que ela acorda e olha para mim.

— Essa família teve um filho, que agora é marido da minha irmã, seu tio Manuel. Ele se apaixonou por ela assim que a conheceu, sua tia trabalhava na única mercearia da cidade na época e seu tio sempre fazia compras com qualquer desculpa para a ver. Eu sei que sua tia não fez nada de errado, ela não o procurou, ela simplesmente se apaixonou por ele. Mas ela estava noiva e isso não era algo que poderia ser desfeito assim.

Às vezes não temos consciência de como somos sortudos por não termos que viver naquela época.

— Sua tia começou a mudar da noite para o dia, fechou-se e seu caráter azedou. Não podia dizer nada e passar alguns minutos com ela, às vezes podia ser insuportável – ela balança a cabeça como se ainda não entendesse o porquê.

— Porquê?

— Eu não sei, Vega. A única coisa que sei é que comecei a notar mudanças nela, não apenas no humor, mas também físicas.

— Não entendo.

— Começou a ganhar peso progressivamente. Eram coisas quase imperceptíveis no começo, mas percebi porque usávamos os mesmos vestidos, sempre tínhamos o mesmo tamanho, e aos poucos tudo começou a se encaixar com mais precisão, até que um dia percebi que sua barriga estava crescendo.

— Meu Deus, ela estava grávida?

— Isso mesmo. Quando perguntei ela simplesmente disse que sim, e que assim que o bebê nascesse o entregaria para adoção, que ela não queria. Fiquei atordoada, não só pelo que aquilo significava para a família, lembre-se que ela não era casada, mas porque sempre quis ser mãe, e essa decisão me pegou desprevenida. Perguntei se o namorado dela sabia e ele deu de ombros como se não se importasse, também era verdade que desde a mudança de caráter o relacionamento deles havia sido afetado. Ela raramente saía de casa e, quando ele a visitava, ela se recusava a sair do quarto.

Minha mente começa a refletir sobre uma possível explicação. Eu me coloquei no lugar da minha tia naquela época, ela se apaixonou por um homem e engravidou de outro, é normal que ela estivesse deprimida.

— Tentei convencê-la de que devia ficar com o bebê, disse-lhe que seu pai e eu a ajudaríamos, mas ela recusou terminantemente e ficou claro para mim que sua decisão era irrevogável. Quando meus pais descobriram, insistiram que deveria se casar imediatamente e ela recusou, e se fechou ainda mais. Tornou-se uma alma sem graça que só saía de casa para trabalhar. A barriga crescia e as pessoas falavam, mas pouco podíamos fazer.

— Por que ela não fez um aborto se não queria?

— Naquela época não era tão fácil, se queria garantias de que eles fariam uma raspagem que não custaria a vida, tinha que pagar muito dinheiro, e nós não tínhamos. Mais tarde fiquei sabendo que seu tio Manuel havia se oferecido para pagar a intervenção, mas já era tarde demais, a gravidez estava muito avançada.

Termino meu café em um gole, me perguntando por que minha mãe nunca me contou essa história.

— Sua tia terminou com o namorado um mês antes de dar à luz. Lembro-me que ele chegou em casa para vê-la e gritou com ele, dizendo para não se aproximar dela novamente, não tocar, não olhar para ela. Ela se foi, e meus pais ficaram com tanto medo que pediram que ele a deixasse em paz.

— Ele queria o bebê? — pergunto intrigada.

— Não, essa foi a única coisa que eu acho que ambos concordaram. Ninguém o queria, ela, só Deus sabe por quê, e ele, coitado, estava morrendo de fome, mal conseguia se manter e ainda sustentar uma mulher e uma criança. Ele havia sido demitido de seu emprego e tudo o que conseguiu foram biscates nos campos.

— E o que aconteceu então?

— Você tem que me prometer que nunca vai contar ao seu irmão sobre isso — me pede de repente, segurando minhas mãos com força.

— Ok — admito intrigada.

— Seu pai e eu estávamos noivos na época, então, depois de conversar com sua tia e chegar a um acordo, adiamos o casamento e, quando sua tia deu à luz, mantivemos o bebê como nosso. Não podia deixá-la dar aquela criança para adoção.

Fico paralisada no local enquanto minha mãe me observa esperando uma reação que não vem. Limpo a garganta e tento me acalmar, mas minhas mãos estão tremendo e meu cérebro está prestes a explodir.

— Meu irmão não é meu irmão? — pergunto com uma voz atordoada.

— Claro, você e ele sempre serão irmãos — ela esclarece com raiva.

— Ainda assim, ele é o filho da tia e daquele pobre coitado da cidade.

— Isso não muda nada.

— Por que você nunca me contou? — pergunto com raiva — ele sabe?

— Não, ele não sabe e não precisa saber, e você tem que me prometer que seu relacionamento não será afetado por isso — ela implora chorando.

— Claro que não, mãe, ele é meu irmão, não importa de onde ele vem. Eu só não entendo por que você está escondendo isso, ele tem o direito de saber o que aconteceu.

— Você sabe o quão chateado ele ficaria? Sua tia nunca fez nada para recuperá-lo. Depois de dar à luz, ela começou a namorar o filho do banqueiro. Se casaram dois meses depois e foram morar onde estão agora. Então eu entendi tudo, seu irmão era um obstáculo para estar com o homem que ela queria, por isso se livrou dele e por isso seu tio se ofereceu para pagar o aborto, mesmo que fosse tarde.

Estou sem palavras novamente, não importa o quanto eu tente, não consigo imaginar minha tia fazendo isso. Eu a vi no casamento com as filhas, louca de alegria pela Ana. Como ela poderia se separar de seu primeiro filho assim?

— Todo mês ela me mandava dinheiro — continua explicando minha mãe — mandei várias cartas dizendo que não era necessário, que o havíamos registrado como nosso e que éramos muito capazes de apoiá-lo e dar o amor que precisava, mas ela nunca deixou de fazer. Recebemos dinheiro mensalmente, também um extra no seu aniversário ou no Natal, e quando ela descobriu que queria estudar medicina, mobilizou-se às nossas costas e pagou todas as despesas da universidade.

Isso me deixa ainda mais desconcertada, se ela não queria, por que cuidou para que não lhe faltasse nada?

— Ela nunca lhe deu uma razão para o que fez?

— Jamais. No começo eu perguntei muito a ela porque eu precisava entender seu comportamento. Sua tia era uma boa pessoa e muito religiosa, não era próprio dela. Mas nunca disse nada, e no final eu parei de perguntar. Se separou de sua família e de tudo ao seu redor e começou a viver uma vida de luxo. Três anos depois descobri que havia engravidado de sua primeira filha e foi isso que acabou marcando nosso distanciamento, me doeu muito que ela a amasse e não meu filho. Eu nunca entendi.

Eu também não entendo, a diferença entre minha mãe e eu é que não pretendo ficar com a dúvida ou ela vai me corroer por dentro. Vou falar com minha tia assim que digerir a notícia. Como ela pôde se livrar do meu irmão assim? Imagino a vida que teria levado se meus pais não tivessem decidido ficar com ele e meu sangue ferve. Teria acabado em um orfanato ou em uma casa de repouso, e todos sabemos o que eles fizeram com a maioria das crianças naquela época.

Meu pai volta um pouco depois e encerramos a conversa. Fico mais um pouco com eles, fingindo que meu corpo não está doendo, até que são quase oito horas e vou para casa esperar Susana.

Capítulo 14

Quando chego, minha cabeça ferve com o que minha mãe me explicou. Meu irmão, embora eu me sinta assim, na verdade é meu primo de pai desconhecido.

A campainha toca e me tira dos meus pensamentos. Susana entra como um furacão quando abro a porta, até me fazendo tropeçar.

— Por que você não está com seu laptop ligado? — pergunta com os braços em volta da cintura.

Nossa, a diva já tirou o traje de dama e voltou a ser a mesma babaca de sempre.

— Cheguei aqui há pouco e não tive tempo — respondo honestamente.

Em um dia como qualquer outro é a primeira coisa que eu teria feito, mas hoje não é, e depois da conversa com minha mãe estou tendo dificuldade em me concentrar.

Susana fixa seus olhos negros em mim e franze a testa.

— Eu não entendo por que você está tão calma, eu porque estava na casa dos meus pais e você sabe que naquela cidade de merda a cobertura é uma bosta, senão eu teria ido para a página do hotel a cada dez minutos.

Em uma ocasião corriqueira eu teria feito isso também, mas não foi. Minha mãe me revelou algo tão difícil de entender, que agora nem me vejo capaz de compartilhar com minha melhor amiga. Primeiro eu tenho que digerir a notícia.

Susana investiga minha geladeira com um olhar clínico e decide que, como já comemos no bar hoje, precisamos de algo caseiro. Então pega alguns ovos e depois de um tempo temos um ovo mexido com presunto que de repente abriu meu apetite, embora minha mãe com sua revelação tenha fechado meu estômago.

Aproveitei aquele momento para tomar um banho rápido e colocar meu pijama. Hoje não tenho intenção de pôr os pés fora da minha casa. Jantamos ouvindo as notícias para nos distrair de pensar no maldito site, mas assim que terminamos, pegamos algumas cervejas e nos deitamos no sofá com o laptop nas pernas.

— Bingo! — Susana exclama, me assustando até a morte.

— Você é estúpido ou o que? — pergunto com o coração batendo na minha boca.

Minha amiga me ignora completamente, pois a página do hotel já está em pleno funcionamento e lá está a aba chamada comemorações. Clico nela antes que diga qualquer coisa, e várias fotos de casais de noivos aparecem em fileiras de três. Em cada uma delas, está escrito o nome do casal em questão e a data da celebração.

Não preciso descer muito para encontrar a foto de Ana e Goyo.

— Olha os caras ricos agarrador — murmura minha amiga.

— É assim que os ricos ficam mais ricos, sendo da virgem do punho — respondo, copiando uma frase que meu pai sempre repete.

Agora eu acho que não se refere aos meus tios, porque minha tia cuidou de cobrir todas as despesas do meu irmão. Droga, eu tenho que parar de pensar nisso.

— Há! — Susana exclama, me assustando novamente.

— Você pode parar de berrar? — pergunto chateada.

— Que mau humor você está, Vega, deveria estar feliz. No mesmo dia do casamento da sua prima há duas outras datas que coincidem, então sua amada pertencia a um dos dois casamentos restantes com certeza.

Minha amada, ouvir essa palavra me deu um pouco de arrepio pela idade, mas ao mesmo tempo eu a imagino colada em mim, com meu corpo encurralado contra a parede como naquela noite no jardim e tenho que engolir em seco.

— Vá para esses.

Susana acaba de apontar um dos casais que celebrou o casamento naquela tarde; Sérgio e Rebeca. Clico na imagem e ela nos leva para outra janela onde há outras doze fotografias que resumem um pouco da festa deles no hotel. Clico na primeira imagem e ela se expande para preencher a tela, porém, como só aparecem os noivos, passo imediatamente. Mas as seguintes olho com muito cuidado, porque nelas você pode ver os convidados e a garota do casamento poderia estar ali.

De repente Susana aproxima o rosto da tela, ocupando parte do meu espaço e estreitando os olhos.

— O que está fazendo? — pergunto levantando minhas sobrancelhas.

— Ajudando a procurar.

— Mas você não sabe quem ela é — aceno com os olhos vazios.

— Eu posso fazer isso por padrão, elimino os caras e qualquer mulher com mais de quarenta e menos de trinta, isso reduz muito — resolve satisfeita.

Reduzido é seu cérebro em momentos como este; mesmo assim, não digo nada porque agradeço muito o apoio dela, mesmo que só o faça porque está morrendo de curiosidade.

Ignoro ela e seus critérios e me limito a escanear todas as imagens com um olhar clínico, uma a uma.

— Não está — digo suspirando pesadamente.

— Tem certeza? Olha essa aqui, ela está de costas, mas pode ser ela, né?

— Ela estava com o cabelo solto.

— Ah... — ela responde com a voz oca — bem, vamos aos outros noivos.

Volto e entro na minha última opção: Mira e Joaquim. Novamente amplio a primeira imagem e passo imediatamente porque a cara dos noivos, por mais bonitos que sejam, não me interessa nada. Eu escaneio as imagens e quando passo pela quarta meu corpo congela. Ali está, junto a uma mesa, num jardim muito parecido com o nosso. Ela está ao lado de três pessoas que parecem estar conversando animadamente, e uma delas, um homem alto, de aparência agradável e calvície avançada, coloca um braço em volta de seus ombros, puxando-a para si. Não gosto disso, me faz sentir uma pequena bola de ciúmes que parece crescer aos trancos e barrancos, porque ela olha para ele e sorri com cumplicidade. Será o marido dela?

— Se lembrou de algo? — Susana pergunta, tocando meu braço com a ponta do dedo.

— É ela — sussurro à beira de um ataque cardíaco.

— Quem? Quem? — se desespera.

Aponto para a mulher em questão e Susana aproxima o rosto até quase comer a tela.

— Porra, vá verificar seus olhos — digo, empurrando-a para longe.

— Minha visão está boa, é só que está um pouco cansada.

– É...

— Quem é aquele cara? Eles parecem se dar muito bem.

— Eu não tenho ideia — respondo mal-humorada.

Continuo folheando fotos, dessa vez sem prestar tanta atenção, mas de novo fico paralisada, pois na última ela também aparece. Desta vez ela está na sala de jantar, sentada no que é sua mesa. Sinto um alívio indescritível, porque esse cara que antes a abraçava está sentado na frente dela ao lado de uma mulher que ele beija nos lábios nesse exato momento.

Amplio a imagem para focar exclusivamente nela. Perde um pouco de qualidade ao fazer, mas a garota do casamento está sorrindo para a câmera do mesmo jeito que sorriu para mim da primeira vez, e de repente me lembro do nome dela. Vem a mim do nada e com absoluta clareza, como se sempre estivesse lá, esperando que eu a encontrasse.

— O nome dela é Ailén — digo a Susana sem tirar os olhos da tela.

— Aileen? Tem certeza? Acho que você não consegue ler aquele pequeno letreiro — diz ela, apertando os olhos para focalizar a imagem.

— Não vi no pôster, só lembrei de repente, foi ver o sorriso dela e...

Prefiro não continuar a frase, estou convencida de que algo muito brega teria saído aos ouvidos da minha amiga e não tenho vontade de deixá-la soltar nenhum das dela em mim.

— Bem, ainda será a Operação Alien, não podemos mudar o nome neste momento.

Se não fosse porque estou bloqueada, eu a cutucaria, não quero que ela seja chamada de Alien.

—Tudo bem, já a localizamos e sabemos o nome, o que fazemos agora? — ela pergunta olhando para mim.

— Não faço ideia.

A minha resposta é totalmente honesta, há muito que penso nisso e com o que temos não sei para onde continuar a procurar.

— Não sei o sobrenome dela e não sei de onde é, e saber os nomes dos que vão se casar também não me ajuda. Eu estava esperando que algo viesse até você.

Susana me olha incrédula enquanto coça o nariz pensativa.

— Droga, bem, você está certa, vou procurá-la no Facebook — diz ela pegando o celular e abrindo a rede social — tenho certeza que vou encontrá-la com esse nome.

A ideia me parece absurda a princípio, mas acontece que, apesar de haver muitas mulheres que se chamam assim, temos sorte de que todas tenham a foto e possamos descartá-las na esperança de encontrá-la. Passamos mais de meia hora passando um nome após o outro sem sucesso até que Susana boceja como um urso e percebemos que já é quase meia-noite.

— Estou indo para casa, estarei de volta amanhã e continuaremos procurando — diz ela enquanto se levanta.

— Podemos passar a vida procurando, Susana, não sabemos se ela escreve o nome com ou sem sotaque, ou de onde é.

Susana se aproxima de mim e coloca as mãos em minhas bochechas, apertando como se eu fosse uma criança.

— Não perca a esperança — ela ordena, me dando um beijo na testa.

Meu Deus, às vezes ela é pior que minha mãe.

— Vá para a cama, temos o dia todo amanhã e não vamos parar até encontrá-la, prometo a você.

Ela diz isso com tanta certeza que eu até acredito e sorrio como uma tola.

— Obrigado por me ajudar, Susana — digo a ela da porta.

— Bah — ela responde, acenando com a mão.

Minha amiga sai, eu vou para a cama e, em vez de dormir, pego meu laptop e abro o Facebook novamente. Assim que escrevo o nome dela tenho uma surpresa.

Capítulo 15

Ailén Costa é o primeiro resultado que aparece na busca da minha conta, e a mulher que sorri para a câmera com um lago ao fundo na foto do perfil é Ailén, a minha, a garota do casamento. Se pensar nela fez meu pulso acelerar, o que aconteceu agora não sei como descrevê-la. Meu coração parece um tambor fora de controle e tenho ondas de calor sufocantes. Minha insistência em procurá-la se justifica agora, o que sinto é real, não foi apenas o resultado do que havia ingerido naquela noite e o quão desinibida eu poderia estar. Ailén veio até mim e isso me atingiu profundamente, essa é a minha realidade. Não sei explicar o motivo, nunca aconteceu nada assim comigo, no entanto, tenho certeza de que as coisas despertam em mim quando me lembro dela ou agora que tenho uma imagem na minha frente. De repente sinto um alívio, acho que no fundo estava apavorada de vê-la novamente e não sentir nada parecido com o que senti naquela noite.

Olho para o nome dela novamente ao lado da foto, sem acreditar muito. Não entendo nada, Susana e eu passamos quase uma hora estudando perfis na conta dela com esse nome e não vimos, e me aparece primeiro. Só quando decido entrar no perfil dela é que descubro a razão pela qual o primeiro aparece. Ela e minha prima Ana têm duas amigas em comum, acho que por isso o espertinho do Facebook achou que se estivesse procurando uma Ailén, ela poderia ter mais chances do que qualquer outra. O que as redes sociais podem fazer em regra me assusta, mas hoje estou muito feliz por estar presente nesta.

Agora me sinto a mulher mais sortuda do mundo, porque talvez, para compensar tudo o que me custou encontrá-la até agora, acontece que Ailén tem a conta pública. A primeira coisa que olho sem poder evitar são as fotos. Parece que ela não usa muito a conta, ela carregou apenas algumas, a maioria das imagens em que ela aparece é porque alguém a marcou.

Quando considero que já babei o suficiente e confirmo para mim mesma que a imagem que havia memorizado dela corresponde bem à realidade, vou para a seção de informações. Ele nasceu um ano antes de mim, então provavelmente está na casa dos quarenta agora, embora na minha opinião, não pareça.

Não diz de que cidade é ou onde estudou e isso me desmoraliza completamente porque me sinto perdida novamente. Eu sei que posso enviar uma solicitação de amizade para ela, mas minha conta, além de privada, não tem foto de perfil porque sou bastante desconfiada dessas coisas. Eu nem tenho meu nome nela, apenas minha primeira inicial e meu sobrenome. Devo ser uma das poucas pessoas que não tem mais nada acrescentado às verdadeiras amizades e nem conhecidos ou mesmo isso. Susana, por exemplo, aceita pedidos de pessoas que não conhece. Se eu enviar um pedido para Ailén, ela provavelmente irá rejeitar ou ignorar.

Eu posso tentar enviar uma mensagem, mas o que digo? Oi, eu sou a garota do casamento que colou em você. Porra, eu não posso fazer isso, ela vai pensar que sou louca e uma perseguidora. Além disso, também não tenho certeza de como me sinto. Todos os meus sentimentos são baseados em uma lembrança, e o que preciso é vê-la pessoalmente para saber se sinto o mesmo.

Esfrego os olhos sonolenta e decido dormir e continuar investigando a conta dela amanhã, talvez uma das fotos ou as pessoas que a marcaram me deem uma pista.

— Minha prima, porra — sussurro de repente.

Se você tem dois amigos em comum, basta pedir a Ana para perguntar sobre ela. Sorrio e suspiro de alegria.

— Estou com você, Ailén.

Estou um pouco preocupada em falar alto, para ver se essa mulher vai acabar com a pouca sanidade que eu tenho. Não consigo conter a emoção, preciso dizer que praticamente a encontrei e gostaria de poder ligar para Susana para contar, mas como é tarde e tenho certeza que ela já está dormindo, vou me contentar em enviar uma mensagem. Assim que ela acordar e ver, vai me ligar.

Capítulo 16

Quando acordo, sinto que não dormi nada, embora sejam quase dez da manhã. Sento-me de repente com a sensação de que estou atrasada em algum lugar, no entanto, imediatamente me concentro e percebo que a única pressa que tenho é encontrar Ailén. Pego o telefone e quando olho vejo que tenho nove chamadas perdidas de Susana e uma mensagem.

— Você não pode me dar essa notícia e não atender o telefone. Ligue para mim, idiota.

Uma mensagem muito típica da minha amiga. Saio da cama, fecho as cortinas e saio na varanda para ligar para ela quando vejo intrigada ela estacionando na minha porta da frente. Sai do carro e dá uma olhada rápida no prédio, ela faz isso de passagem, mas algo deve ter ressoado, que sou eu, e ela olha para cima novamente.

Tira os óculos escuros e os coloca na cabeça.

— Não fique aí parado e abra a porta para mim! — berra como uma aberração real.

Corro para a porta, qualquer coisa antes que ela continue gritando e os vizinhos acabem me chamando, ou pior, a polícia.

— Como você a encontrou? — pergunta assim que eu abro.

Susana entra a uma velocidade que faz a minha franja sair do local. Estou impressionada.

— Poderia ter trazido o café da manhã — lamento quando vejo que ela não tem nada nas mãos.

— E você atendido o teléfone.

— Estava dormindo — respondo revirando os olhos no caminho para a cozinha.

Sirvo-me de um café e outro para ela enquanto Susana abre o armário e tira os biscoitos, muffins e tudo o que encontra.

— Vamos, me diga — exige enquanto despeja o açúcar.

— No Facebook, quando entrei com minha conta, o nome dela apareceu primeiro.

— Que coincidência! — exclamou com os olhos arregalados.

— Não é por acaso, acontece que Ailén e minha prima Ana têm duas amigas em comum, acho que por isso saiu.

— Faz sentido — diz ela depois de pensar por alguns segundos — naquele hotel só se realizam casamentos de gente rica, se ela estava lá é porque seus conhecidos também têm dinheiro. Ela provavelmente também é, e a única faminta aqui é você.

— Está certa, eu não deveria continuar com isso. Certamente ela e eu não temos nada a ver uma com a outra.

De repente, tudo me parece uma loucura do início ao fim. Não a conheço nem um pouco. A única coisa que sei dela é que gosto dela, que ela me atrai de uma forma que me perturba e quebra todos os meus esquemas, mas o que acontecerá quando eu a encontrar? Talvez tudo o que percebi esteja apenas na minha cabeça e ela nem se lembre de mim. Minha fome simplesmente foi embora.

— Você não saberá até encontrá-la e perguntar.

Susana diz com a calma de quem não enfrenta a incerteza. Sem entender que esta situação é angustiante para mim.

— Se estivesse no meu lugar, você a procuraria? — pergunto a minha amiga.

Ela me olha de cima a baixo como se eu fosse uma idiota e enfia um biscoito inteiro na boca. Eu não entendo, como ela pode engolir tudo isso de uma vez?

— Claro que eu procuraria — ela responde depois de mastigar o suficiente para poder vocalizar.

Vários pedaços de biscoito saíram de sua boca, um deles quase caindo na minha xícara de café.

— Sua mãe não te ensinou a não falar de boca cheia? — pergunto cobrindo o topo do meu copo por puro instinto.

— O único conselho útil que minha mãe me deu é que eu não cometa o mesmo erro que ela e fique com o primeiro homem que cruzar minha vida.

— Essa desculpa serviu bem até você dormir com o quinto — digo, rindo.

— Preciso comparar o gênero — diz antes de engolir outro biscoito de uma só vez.

Considero impossível e pego meu celular. Procuro o perfil de Ailén e mostro para Susana. Ao contrário de mim, ela vai direto para a informação e meus olhos se arregalam quando leio algo que não notei ontem à noite. Ela não tem dados sobre estudos ou local de nascimento, mas tem o local onde trabalha. Um banco.

— Uau, eu não percebi isso — digo apontando para o nome do banco em questão.

— E o que mais? Agora tudo que tem a fazer é enviar uma mensagem e conhecê-la.

Explico à minha amiga as razões pelas quais prefiro vê-la pessoalmente e ela imediatamente acena com a cabeça.

— Tem razão, recebo um pedido de amizade de um perfil como o seu e apago diretamente. E nem te conto uma mensagem, alguém com um perfil desse só pode ser um safado.

Eu olho para ela intrigada, embora no fundo eu saiba que ela está certa.

— Bem, não entre em pânico, conhecendo o banco onde ela trabalha não será difícil encontrar — diz ela calmamente.

— Que não será difícil? Você sabe quantas agências esse banco tem? O que você pretende? Ir uma por uma perguntando sobre ela? — pergunto com espanto.

— Quão pouco você confia no Sr. Google e em suas habilidades — ela balança a cabeça como se eu fosse uma tola — responde.

Susana, com um ar de suprema auto suficiência, coloca o telefone em cima da mesa. Abre o buscador, escreva o nome do banco e o nome de Ailén ao lado do sobrenome e clica em pesquisar.

— Isso! — grita euforicamente me fazendo pular de susto.

Tenho que fazer com que ela contenha essas explosões ou um dia desses vou acabar em parada cardiorrespiratória.

Olho para a tela e o primeiro resultado é tão revelador que fico atordoada. É o site do banco, e logo abaixo do nome de Ailén Costa aparece como diretora de uma agência específica.

— Uau... — suspiro sem saber mais o que dizer.

Susana aperta o navegador e descobrimos que Ailén trabalha como diretora na sede de uma cidade que fica a cinquenta minutos daqui. Começo a ficar sem fôlego. De repente, tornou-se uma possibilidade muito real. Ailén está ao meu alcance, basta pegar o carro e ir até o local de trabalho dela.

— Vista-se, vamos embora — exige Susana.

Mas não consigo me mexer, preciso de alguns segundos para digerir isso. Agora minha cabeça não para de imaginar cenários possíveis, e eu sou tão negativa que o que tem mais peso é aquele em que Ailén fica com cara de nada quando me vê porque não se lembra de mim. A angústia sobe pela minha garganta e mal consigo respirar.

— O que está fazendo? Você quer se mover?

Susana é como um burro de verdade agora. Ela agarra meu braço e me puxa até que eu fique em pé.

— Nós não quebramos nossas cabeças procurando por ela para você ficar aí como uma idiota, mexa-se.

E pronto, é assim que ela resolve tudo. Vamos para o meu quarto e eu abro o armário.

— O que está fazendo? — pergunta, me puxando para longe da porta.

Estou confusa olhando para ela, acho que é óbvio o que estou fazendo, mas como ela é um pouco louca, vou explicar.

— Procuro roupas.

Meus ombros saltam quando digo a ela e ela franze a testa.

— Tome banho primeiro — ela ordena, apontando para o banheiro.

— Eu tomei banho ontem à noite — protesto com uma carranca.

— Uma empregada vai às consultas para o caso de haver um assunto no final. Vamos, lave sua bunda.

Meus olhos quase saltaram das órbitas enquanto eu a ouvia. Está falando sério? Eu olho para ela sem piscar e ela aponta para o banheiro como sua única resposta.

— Você realmente acha que vamos foder? — pergunto com raiva — o cenário mais provável é que ela não se lembre de mim, e se o fizer, vai pensar que estou fodidamente perturbada, acredite, Susana, Ailén provavelmente vai acabar chamando a segurança.

Minha amiga limpa a garganta e cruza os braços, levantando as sobrancelhas. Estou realmente enlouquecendo. Decido não discutir, pego uma calcinha limpa e me tranco no banheiro.

Capítulo 17

— Não posso cair — digo com a sensação de que vou sufocar até a morte.

Acabamos de estacionar a alguns quarteirões do local onde fica a agência bancária onde Ailén trabalha. Felizmente Susana se ofereceu para dirigir, porque minhas mãos tremem e suam desde que saí de casa, e agora que estamos aqui, a poucos minutos de conhecê-la, sinto que meu corpo está paralisado. Agarro com força o braço da porta, meu corpo está rígido, olhando para frente.

Susana se vira para mim com seu nível zero de empatia e solta meu cinto de segurança.

— Se acha que eu dirigi uma hora para ver como você se senta aí assustada pra caralho, você é esperta.

Abre a porta e sai. Em tempo recorde ela dá a volta no carro, abre minha porta e me puxa para fora antes de me agarrar pelo braço.

— Ok, mas me dê um segundo, minhas pálpebras estão tremendo — eu peço, inclinando contra o carro.

— Você tem quarenta anos, Vega — ela balança a cabeça, incrédula.

— Trinta e nove — a corrijo.

— Não importa o que você diga, na nossa idade se não pode ser tola. Você é uma mulher adulta e ela também. Vocês se conheceram em um casamento e se conectaram, caramba, Vega, vocês comeram a boca uma da outra e se não fosse porque estavam com o freio de mão puxado, teriam fodido naquela noite. É normal que você a procure e queira saber o que sente ao vê-la serena. Ninguém vai te criticar por isso, muito menos ela.

Uau, eu pensei que não havia nada que pudesse me tranquilizar, muito menos vindo dela, mas ela conseguiu, então eu suspiro profundamente, ajusto minha regata e começo a andar.

Quando chegamos à porta o meu coração já está a bater nas têmporas, mas Susana tem razão, aconteceram coisas entre nós nessa noite, incluindo um beijo que me parece suficientemente sério para pelo menos falar disso. Então eu abro a porta e Susana me dá um olhar de orgulho como se ela estivesse me treinando e pronta para ser uma vadia.

Com a bobagem de que agora tudo é feito pelo caixa, o banco está praticamente vazio, dentro há apenas um casal de velhinhas e um menino com uma pasta na mão. Entro na fila porque não vejo ninguém a quem possa pedir e quando me viro vejo com horror que Susana se dirige para a porta de um escritório com um pequeno letreiro ao lado que diz diretora.

— Merda — sussurro tarde demais.

Susana bate à porta com os nós dos dedos e abre sem esperar resposta. Meu coração para e tudo desaparece ao meu redor enquanto ela olha de um lado para o outro dentro. Parece que está vazio.

— Com licença, você não pode entrar aí — avisa um funcionário que quase saiu correndo de trás do balcão.

— Preciso falar com a diretora, é algo muito urgente — explica Susana com um ar fingido de angústia.

— Sinto muito, mas todas as visitas são com hora marcada.

— Bem, me dê uma consulta agora — ela exige.

Meu Deus, que vergonha.

— Não posso, a diretora está de férias agora e só voltará daqui a dez dias, peça um horário então.

O mundo desmorona sob meus pés naquele momento, com o que me custou criar coragem para vir aqui e agora a senhora está de férias.

— Vamos — digo a Susana de mau humor, agarrando o braço.

— Espere — ela me pede em um sussurro quando chegamos à porta — se eu pressionar o garoto um pouco, te garanto que me dirá onde ela mora.

Minha amiga é definitivamente louca.

— Sim, claro, e também lhe dará seu número de telefone — bufo com os olhos vazios — você sabe o que é a lei de proteção de dados?

Susana faz uma careta e saímos do banco.

— Acabou — estou completamente séria — nós procuramos, a encontramos, e ela se foi. Eu não vou mover outro dedo. Estarei de volta em duas semanas, vou marcar uma consulta com a senhora e deixar acontecer o que acontecer.

— E é isso? Você vai deixar essas duas semanas passarem sem fazer nada? — minha amiga protesta.

— E o que você quer que eu faça?

— Vamos ver sua prima, peça para ela falar com aqueles conhecidos.

— Nem falar. Não vou pedir isso à Ana.

— Por que não?

A Susana cruza os braços no meio da rua, que espetáculo estamos a dando.

— Porque não quero mais me humilhar, já chega.

— Ah, por favor — ela bufa como um búfalo — isso não é humilhação, é amor.

Expulso o ar com as bochechas inchadas e balanço a cabeça, poderia ter dito algo menos brega.

— Vamos, Veguita — ela me pede quase implorando — você já foi pedir ajuda à sua prima uma vez, e ela pode ser um pouco burrinha e engoliu essa porcaria de batom, mas garanto que seu primo não, e assim que saímos daquela casa eles certamente falaram sobre isso.

— Saber que falaram da prima que acabou de descobrir que gosta de mulher me deixa muito mais tranquila, muito obrigada.

Agora sou eu que cruzo os braços. Não posso acreditar que tudo isso está acontecendo comigo.

— Você é uma covarde — ela cospe, estreitando os olhos.

Posso ser qualquer coisa, mas não isso, considero que mais do que demonstrei.

— Não é verdade — me defendo meio ofendida.

— Bem, prove, se sua prima não pode te ajudar, prometo ficar de boca fechada.

Ela faz um gesto como se estivesse fechando um zíper.

— Ok — aceito resignadamente.

Entramos no carro e a caminho da casa da minha prima rezo para que ela não esteja lá, mas não tenho tanta sorte e quando abre a porta e me vê, suas sobrancelhas se erguem.

— Uau! — exclama alegremente — você vai ver como minha mãe ficará surpresa.

— Sua mãe está aqui?

— Sim, meu pai e Goyo foram jogar golfe e preferimos ficar aqui a vê-los andando atrás de uma bola. Quer ficar para comer? — pergunta enquanto nos conduz para dentro.

— Não, obrigada, Ana. Já marcamos um encontro — minto, olhando para Susana para que ela não estrague tudo.

Minha tia sai do banheiro nesse momento e quando ela me vê estende os braços muito animada. Por alguns momentos fico paralisada sem entender a motivação que ela poderia ter para abandonar meu irmão, mas depois reajo e a abraço com força, porque por algum motivo se criou entre nós um vínculo que não sou capaz de romper por mais atroz que pareça o que ela fez.

— Vega, querida, o que você está fazendo aqui? — ela pergunta alegremente.

— Bem, na verdade, eu vim pedir um favor a Ana — explico notando como minhas bochechas queimam.

— A mim? — Ana fica surpresa como se ninguém quisesse nada dela.

— Sim, por acaso encontrei a garota do batom.

— Ah, que ótimo — diz alegremente.

— Ainda está procurando por ela? — minha tia pergunta interessada.

Eu ruborizo até a raiz do cabelo.

— Sim, é um batom muito difícil de conseguir — argumento, fazendo Susana rir.

— Vamos para o jardim e você nos conta, está um dia lindo — sugere minha prima.

A coitada parece saída da casa da pradaria, é toda inocência. Sentamos em alguns lugares debaixo de uma tenda que Susana olha com admiração.

— Não diga nada — peço calmamente.

— Bem, você vai dizer — minha prima pergunta enquanto serve alguns copos de limonada fresca.

— Veja você, eu a encontrei pelo Facebook, não tem muita informação, mas acontece que você e ela têm algumas amigas em comum e eu queria saber se poderia me dar um endereço para enviar o batom.

— Claro, mulher — diz ela, feliz em ajudar — diga-me quem são essas duas amigas e eu pergunto a elas.

— Você pode pedir a elas que não digam nada? Gostaria que fosse uma surpresa — digo rouca de nervos.

Digo o nome dessas duas amigas e Ana explica que mal conhece uma delas, mas conhece a outra desde pequenas e tem o telefone dela, então liga diretamente e em menos tempo do que esperava, tenho o endereço de Ailén anotado em um pedaço de papel.

— Muito obrigado, Ana, de verdade.

— É para isso que serve a família, certo? — responde sorrindo.

Meu olhar desobedece e me concentro em minha tia tão descaradamente que a sinto tensa. Ela sabe, agora sabe que eu sei e cria-se uma tensão que todas percebemos e que não sei como cortar.

— Ana, filha, você mostrou a casa para a amiga de Vega? Tenho certeza que você vai adorar ver.

— Meu nome é Susana, senhora — ela a lembra — e gostaria muito dessa visita — acrescenta a fofoqueira da minha amiga.

— Bem, não vamos mais conversar — diz Ana, levantando-se — você vem, Vega?

— Não, estou muito encalorada, se você não se importar, pode me mostrar outra hora. Estou muito bem aqui, então faço companhia à sua mãe.

— Claro — admite, e desaparece com Susana, que a segue feliz como criança.

Ela é tão atrevida quanto sem vergonha.

Capítulo 18

— Desde quando você sabe? — minha tia pergunta sem rodeios.

— Há alguns dias, minha mãe me explicou.

— Compreendo...

Sua voz sumiu e ela abaixa a cabeça me fazendo sentir muito mal sem saber o porquê.

— Você deve pensar que eu sou um monstro — diz ela sem olhar para mim.

— Não sei no que acreditar, tia, realmente. Não entendo por que você fez algo assim, e não entendo por que mais tarde cuidou de cobrir as despesas dele. Por que fazer isso se você não quer?

— Porque ele é meu filho, Vega.

Agora ela me encara, e em seus olhos vejo apenas dor.

— Porque o abandonou? Explique para que eu entenda — eu imploro.

— Porque era o melhor para ele.

— Para ele ou para você? — meu tom era tão severo quanto o olhar que dei a ela.

— Para os dois.

Seus olhos lacrimejam e seu lábio inferior começa a tremer. Instintivamente eu me inclino para frente e pego sua mão na minha. Ela me olha surpresa com o gesto, como se estivesse claro que não merece nenhum tipo de compaixão de mim, e talvez não mereça, mas sai assim, não sei ser de outra forma.

— Diga-me, por favor, faça-me entender.

Ela cabeceia e finalmente assente.

— Tem que me prometer que não vai contar a ninguém, nem a sua mãe, nem a seu irmão — ela limpa a garganta enquanto o chama assim — nem seu tio ou seus primos. Promete-me.

— Eu juro, não vou contar a ninguém.

— O que sua mãe lhe disse?

Explico a versão da minha mãe e ela balança a cabeça várias vezes enquanto ouve com atenção.

— Sua mãe sempre considerou que eu me livrei de seu irmão para poder ficar com seu tio.

— Mas não é

— Não, querida — diz chorando.

— E por que acha isso então?

— Porque naquele momento não tive coragem de lhe dizer a verdade, e então o tempo passou. Saí da cidade e depois de um tempo engravidei de sua prima mais velha. Quando ela nasceu fui apresentá-la aos meus pais e pude ver como todos olhavam para mim, inclusive sua mãe, que estava lá com seu irmãozinho. Eles deram como certo que eu era um monstro e em parte eu me sentia assim, porque naquela época ainda era impossível para mim olhar para ele.

— Para o meu irmão? — pergunto, cada vez mais perdida.

— Sim.

— Porquê?

— Parte do que sua mãe lhe diz é verdade. Eu estava namorando um rapaz da aldeia há algum tempo, mas seu tio apareceu e eu me apaixonei completamente por ele. Não pude evitar, e embora tentasse, porque Deus sabe que fiz tudo o que podia para não pensar nele, não consegui. Eu sabia que nunca seria feliz nem poderia fazer aquele menino com quem estava feliz, então resolvi tomar coragem e lutar pelo que eu queria.

— Você terminou com ele?

— Ele me quebrou — ela murmura, olhando para o chão sem que eu entenda nada.

— Não entendo.

— Encontrei-o uma tarde perto do rio onde costumávamos passear muitas vezes e lhe contei, expliquei que me apaixonara por outro inocentemente pensando que ele entenderia.

— E não o fez.

— Não, ele não fez isso.

Seu corpo fica tenso e suas mãos ossudas agarram os braços da cadeira com força.

— Ele me deu um empurrão — diz ela de repente.

Fico paralisada olhando, ela fala sem piscar como se estivesse lembrando daquele momento como se fosse agora.

— Caí de costas no chão e ele pulou em cima de mim, gritando que eu era uma puta enquanto levantava a saia do meu vestido. Tentei me defender, mas ele subiu em cima de mim e seu peso me derrubou no chão. Ele era um homem corpulento com grande força.

Eu engulo em seco, não tenho certeza se estou pronta para ouvir o que eu acho que ela vai me dizer.

— Ele segurou minhas duas mãos acima da minha cabeça e me disse que se eu gritasse ele faria o mesmo com minha irmã.

Eu me inclino para trás na minha cadeira com a boca aberta, sentindo-me completamente derrotada enquanto sinto as lágrimas de desamparo e raiva escorrendo pelo meu rosto.

— Percebi que não havia nada que eu pudesse fazer e que resistir seria muito pior, então fiquei parada, torcendo a grama entre as mãos enquanto ele terminava.

Agora eu me inclino para frente e a abraço. Choramos as duas, porque não sabemos quanto tempo vai demorar Ana e Susana a voltarem e não queremos que percebam nada.

— Descobri que estava grávida depois de algumas semanas. Abortar não era uma opção para nós e eu sabia disso, mas não podia ficar com essa criança, não naquela época. Eu sabia que seu rostinho inocente me lembraria diariamente do que havia acontecido e ele não merecia que eu o olhasse com desprezo, ou pior, nem mesmo olhasse para ele. Fiz o que achei que seria melhor para ele.

— Meu tio sabe?

—— Sim. Caí em profunda depressão, embora tentasse ser forte com minha família. Eu falei para aquele desgraçado não se aproximar mais de mim e eu ia do trabalho para casa e de casa para o trabalho, mas seu tio costumava vir me ver quando saía. Ele disse que eu estava triste, e finalmente um dia eu não aguentei mais e expliquei para ele. Ele queria matá-lo — explica sorrindo tristemente — fui eu que pedi que não fizesse nada, precisava esquecer isso o mais rápido possível e ele se ofereceu para fazer o que eu precisasse, até para pagar o aborto ou cuidar da criança como sua. E bem, você sabe como a história terminou – ela recomeça quando vê as meninas andando de volta pelo jardim.

— Por que você não contou a verdade à minha mãe?

— Porque quando consegui aceitar aquela dor já era tarde, muito tempo se passou.

— Você pode dizer a ela agora.

— Não, querida — ela diz, baixando a voz — agora isso só causaria dor e culpa a ela e ao seu irmão. As coisas têm que continuar assim, é o melhor para todos.

— Mas não para você — choramingo em frustração.

— Não posso mais sofrer, e sei que seu irmão está bem, não poderia ter caído em mãos melhores, e sempre serei grata a sua mãe por isso. Nunca diga, Vega, por favor.

— Prometo. Nunca vou contar a ninguém.

Ela sorri para mim e nós limpamos a umidade de nossos rostos assim que nos alcançam.

— Você chorou? — pergunta minha prima preocupada.

— Pelo riso — respondo rapidamente — sua mãe estava me explicando algumas coisas sobre minha mãe quando era pequena.

Pisco para minha tia e ela sorri para mim novamente. Quando nos despedimos, dou-lhe um grande abraço que não gostaria de largar e prometo que irei vê-la em breve. E pretendo manter essa promessa.

— Está bem? — Susana pergunta quando entramos no carro.

Aceno com a cabeça. Gostaria de lhe contar, mas é desejo da minha tia que isso permaneça em segredo e devo manter minha palavra, por mais que confie em Susana.

— Sim, só um pouco nervosa.

— Você vai superar quando a vir, vai ver — diz referindo-se a Ailén.

Acontece que ela mora em uma urbanização perto da minha prima Ana e em questão de vinte minutos nós plantamos na frente da porta dela. Não é tão pomposa como a da minha prima, mas dá para perceber que pertence a alguém que vive confortavelmente.

— Vamos lá — diz Susana com determinação.

— Não, você fica aqui, tenho que fazer isso sozinha.

Eu me surpreendo ao dar-lhe essa ordem. Achei que quando chegasse aqui tudo ia tremer e eu ia ficar com medo, porém, depois do que minha tia me explicou, não vou jogar a toalha, custou um estupro para ela lutar pelo que sentia, e não lutar pelo que sinto seria como se toda a sua luta tivesse sido em vão. Saio do carro direto, vou até a porta dela e toco a campainha sem hesitar uma vez.

Eu espero pacientemente, meu coração batendo forte, e pressiono novamente depois do que parece ser uma quantidade razoável de tempo, mas ninguém abre. Olho para Susana e ela gesticula para eu insistir, e quando estou prestes a ligar de novo, sai a vizinha da casa ao lado.

— Você está procurando por Ailén? — pergunta me examinando.

— Sim, sou uma velha conhecida.

O olhar curioso da mulher me fez justificar e isso me irrita.

— Bem, você vai ter que voltar outro dia, ela está de férias.

— Uau — respondo com uma voz oca.

— Tem alarme — acrescenta antes de me virar as costas e andar com a cabeça erguida.

Vai ser puta, acha que estou aqui para roubar? Entro no carro e bato a porta.

— Ela saiu de férias — explico de mau humor — não vou procurá-la até que ela comece a trabalhar, e eu não quero que você insista — aviso.

Susana repete o gesto nos lábios como se fechasse um zíper e põe o carro em marcha. A Operação Alienígena acabou.

107

Capítulo 19

— Gostaria de fazer alguma coisa amanhã? Podemos ir à praia, ou a um spa, sempre quis ir a um desses lugares para relaxar — propõe Susana em minha casa.

— Claro, podemos ir onde você quiser.

— Tudo bem, você vai ver como os dias passam rápido. São apenas algumas semanas, nem isso — esclarece.

— Como você fica fofa quando se preocupa comigo — rio, beliscando sua bochecha.

A Susana dá um tapa e lança um olhar fulminante porque gosta de ser durona, mas a realidade é que debaixo de toda essa camada de mulher determinada e forte, há alguém suave que adoro.

— Quer entrar? — pergunto quando ela para atrás do meu carro.

— Não, estou com um pouco de dor de cabeça e acho que vou ficar em casa o resto do dia sem fazer nada. Te ligo esta noite e decidiremos o que fazer amanhã.

— Perfeito, descanse.

Dou-lhe um beijo na bochecha e saio do carro. Atravesso a rua e vou até a porta da frente enquanto procuro minhas chaves, que caem no chão assim que chego lá, pois sentada em um dos degraus que dão acesso à porta está Ailén Costa, olhando para mim enquanto mordia os lábios e levantava uma sobrancelha.

— Você é difícil de ver — diz ela como forma de saudação antes que meu corpo inteiro comece a tremer.

Ela não se mexe, apenas me olha sorrindo enquanto ainda estou aqui, imóvel como uma estátua, sem piscar.

— Ailén... — consigo vocalizar.

— Uau, eu tinha certeza que você não se lembraria do meu nome.

Ela se levanta e eu engulo em seco enquanto tento respirar. Se tinha alguma dúvida sobre como seria vê-la novamente, acabou de ser completamente dissipada. Meu coração, como é natural quando penso nela, bate descontroladamente dentro do meu corpo, sem mencionar o formigamento que pressiona meu peito quando ela se aproxima.

Para na minha frente a uma distância muito curta e ao mesmo tempo muito longa, porque sinto vontade de pular para abraçá-la, beijá-la e também arrancar suas roupas. Caramba. Gostaria de ter a mesma calma que ela parece ter, que me devora com o olhar sem que seu pulso trema.

— Eu te deixo nervosa? — ela pergunta de repente.

Afirmo porque isso é mais fácil para mim do que falar e ela sorri de forma tão sedutora que o pouco ar que entrou em meus pulmões deixa de fazê-lo. Acho que vou ficar azul, tento respirar e quando não consigo fico com medo, e então o ar vem de repente e respiro tão fundo que sinto meu peito inflar como um balão.

— Estou tão feliz em ver você — diz ela, estendendo a mão para acariciar levemente minha bochecha.

O calor de sua mão percorre meu corpo como uma chama.

— E eu em ver você.

Consigo me recompor um pouco, embora meu corpo não pare de tremer e aquelas borboletas ainda estejam lá, tornando difícil para mim me comportar como uma adulta.

— Eu vim da sua casa.

Deixo escapar essa frase e saboreio como quando estava de ressaca, minha boca está completamente seca.

— Está falando sério?

Agora sua expressão é de completa surpresa, então ela sorri e balança a cabeça lentamente. Meu Deus, eu quero beijá-la. Ailén acaricia minha bochecha novamente e desta vez se diverte um pouco mais, acariciando levemente o lóbulo da minha orelha de forma escondida, causando arrepios na minha pele.

— Achei que não se lembraria de mim — acrescenta com um suspiro.

Isso eu não me lembraria, se tudo o que fiz foi pensar nela desde então.

— Estou procurando por você desde aquele dia — confesso.

Agora ela sorri torto e se inclina um pouco mais perto de mim.

— Você vai me convidar para subir ou prefere que eu te beije na porta do seu quarteirão na frente de todos os seus vizinhos?

Eu suspiro como um peixe enquanto tento manter a compostura e não atacar como uma pantera. Aceno e me abaixo para pegar as chaves, que ainda estão no chão desde quando eu a vi. Chegamos à porta e não consigo colocar a chave na fechadura, então Ailén, com toda sua determinação e aquela calma que eu gostaria de ter, coloca sua mão na minha e me guia até eu conseguir abrir.

Paramos na frente do elevador e aperto o botão com ela nas minhas costas. Sinto sua respiração no meu pescoço e engulo novamente e suspiro para me controlar. Eu quero me virar e sentir o calor de sua língua na minha boca novamente, de repente é tudo que eu quero, mas o elevador chega e as portas se abrem. Entramos e eu aperto o botão número dois. As portas se fecham e sinto sua mão na minha cintura antes de sentir o frio da parede do elevador nas minhas costas. Ailén me encurralou novamente e me olha com as pupilas dilatadas, o que escurece ainda mais seus incríveis olhos negros. Sou eu quem fecha a distância e a beija de leve, porque as portas se abrem novamente.

Saímos e entramos na minha casa. Deixamos nossas malas no sofá e ligo o ar condicionado porque meu corpo está pegando fogo.

— Quer beber algo? — pergunto quase sem olhar para ela.

— Quero que você se acalme, Vega — pede, pegando minha mão — relaxe, a menos que esteja com pressa, temos o dia todo para conversar, porque tenho a impressão de que isso é muito necessário entre nós.

— Eu ainda não consigo acreditar que você está aqui — digo deixando a tensão sair na forma de um suspiro.

— Nem eu, mas estou aqui e não vou sair, então não se preocupe. Quer água?

Eu aceno, e ela mesma abre minha geladeira e pega a jarra enquanto eu pego um par de copos. Quando abro o armário sinto uma rachadura no pescoço que me deixa pregada. Solto um grito porque dói muito, maldita tensão.

Ailén se vira para mim alertada pela minha reclamação e olha com espanto.

— Você acaba de ficar travada?

Olho para ela envergonhada, não preciso responder porque meu corpo me denuncia, não consigo virar a cabeça para o lado direito.

— Isso acontece comigo às vezes, quando estou nervosa — confesso envergonhada, meu corpo rígido como um pau.

Ailén sorri negando e deixa o jarro no mármore. Ela anda ao meu redor e fica atrás de mim. Suas mãos repousam sobre meus ombros e ela me faz uma massagem suave que me alivia muito, mas também me faz estremecer, porque o contato de seus dedos em minha pele nua me queima e me faz sentir um prazer desconcertante.

— Você tem que relaxar, com essa tensão não me surpreende que você fique travada — sussurra para mim.

Me viro fazendo com que ela não consiga mais me tocar e digo a ela que estou melhor.

— Sua vizinha é muito desagradável — digo para tentar me acalmar.

— Uff — ela sorri fazendo uma careta — sinto muito que você cruzou com ela.

— E eu, ele insinuou que eu fui à sua casa para roubar.

Ailén não consegue conter o riso e cai na gargalhada, eu também sorrio e bebo um pouco da água que ela acabou de colocar nos copos. Então a convido para a sala e mostro o sofá, onde ela fica sentada me encarando sem perder aquele sorriso diabólico que me atrai de um jeito doentio.

— Eu realmente gostaria que você me explicasse como conseguiu me encontrar, isso me lisonjeia e me intriga da mesma forma, mas acho que temos que resolver outra coisa primeiro — diz ela, ficando séria.

— Que coisa? — pergunto com o coração batendo a mil por hora.

Ailén acaricia suas pernas e eu paro de respirar.

Capítulo 20

Ailén

Vega me olha paralisada, com a boca entreaberta e a respiração presa. Não é à toa que ela é propensa a contraturas.

— Venha aqui — digo a ela caso ele não esteja claro o que eu quero.

Ela engole em seco e estremece, mas dá um passo à frente, depois outro, e finalmente coloca um joelho em cada lado das minhas pernas e me monta. Eu sorrio e coloco minhas mãos em sua cintura. Vega ainda não diz nada, apenas me olha de um jeito que me deixa louca e me exaspera muito mais do que na noite em que a conheci.

Coloco minhas mãos em suas bochechas envolvendo seu rosto e me inclino um pouco para frente.

— Não faça o que você fez no casamento, Vega, não se contenha —sussurro, fazendo-a engolir em seco.

Ela acena com a cabeça em um gesto que me parece muito terno, porque ela está envergonhada, mas também assustada.

— Acho que o melhor é transarmos agora e nos livrar dessa tensão sexual entre nós, não acha? — proponho sem mais delongas.

Os olhos de Vega se arregalam e ela limpa a garganta enquanto assente. Pelo menos ela concorda, se continuarmos assim, nós duas vamos acabar com colar cervical.

— Mais tarde, quando estiver totalmente relaxada, você me explica como diabos conseguiu me encontrar, isso realmente me intriga muito — sussurro com os olhos apertados.

Vega agarra minhas mãos pelos pulsos e as afasta do rosto, levando-as para o encosto do sofá. Aquele gesto de dominação e aquele jeito faminto que ela tem de me olhar me excita muito, e fico ainda mais excitada quando ela começa a me beijar, solta minhas mãos e coloca as suas de lado correndo lentamente sobre mim.

Sinto como o ar escapa de meus pulmões com suas carícias e me alimento dele, o que posso pegar quando ela suspira em minha boca. De repente tudo queima em mim e sinto um desejo incontrolável de senti-la, quero beber seus gemidos e absorver cada último suspiro do orgasmo que pretendo causar nela. Uma das minhas mãos acaricia a parte interna de sua coxa e ela solta um suspiro que me deixa desesperada. A ponto de decidir pular as preliminares e, enquanto minha outra mão agarra sua bunda com força fazendo-a ofegar novamente, a outra desabotoa a calça e se esgueira como uma cobra por baixo da calcinha até chegar ao sexo.

— Ailén — ela suspira, fechando os olhos.

Eu a levanto até ela cair de costas no sofá com uma expressão de surpresa, puxando as calças para baixo e levando a calcinha com elas. Ela me olha com terror, porque se sente exposta e vulnerável e ao mesmo tempo está morrendo de vontade de que eu continue.

— Nunca estive com uma mulher — confessa como se fosse um crime.

Deito em cima dela com a mão entre suas pernas e a penetro fazendo com que ela solte um gemido que me deixa louca.

— Sempre há uma primeira vez para tudo, Vega, você quer que eu continue?

Ela afirma insistentemente e meu cérebro se desconecta naquele momento, porque a partir de então só posso focar nela, em fazê-la se divertir, empregar todas as minhas habilidades e se contorcer de prazer quando é ela quem inspeciona os cantos mais íntimos do meu corpo, primeiro com medo, depois com um ardor e destreza que me provocam dois violentos orgasmos que sacodem meu corpo implacavelmente.

Agora, muito mais relaxadas e deitadas no sofá, ficamos em completo silêncio por vários minutos. Vega está de costas contra meu peito enquanto eu desenho a linha de seu braço em uma direção e outra. Ela se vira para mim, olha e sorri docemente depois de ter liberado toda aquela tensão que a estava consumindo por dentro.

— Melhor assim, certo? — pergunto com um gesto malicioso.

— Muito melhor — ela ri — você já comeu? Eu estou faminta.

— Não, ainda não comi e, além disso, o sexo me deixa com muita fome.

Vega se levanta sem apagar o sorriso, veste apenas calça e camiseta porque não encontra a calcinha e me convida a segui-la até a cozinha. Também me visto e, depois de preparar algumas entradas e uma salada, sentamo-nos à mesa para devorá-los.

— Bem, eu diria que agora pode me explicar como encontrou minha casa.

— Espero que não pense que sou louca — balança a cabeça, levantando as sobrancelhas.

Rio em negação e ela começa a me contar desde o início tudo o que fez para me encontrar. Eu a observo entre espanto e emoção, porque acho que todo aquele esforço para poder me ver novamente é a coisa mais linda que alguém fez por mim até hoje.

— E então sua vizinha tensa veio e me disse que você estava de férias — continua explicando — o mundo caiu sobre mim, porque com tudo que me custou localizar você, acho que merecia que estivesse lá — ela diz um pouco decepcionada.

Eu pego a mão dela e beijo as costas.

— Entrei no carro da minha amiga, pronta para não te procurar mais, e quando cheguei você estava aqui — diz ainda chocada.

— Diga uma coisa, Vega, por que decidiu me procurar?

Minha pergunta a pega desprevenida e sua boca cai aberta. Eu realmente gosto quando ela faz isso, dá um gesto muito terno de inocência que me faz querer bater nela constantemente.

O celular dela começa a tocar, Vega olha para quem está ligando e o silencia, deixando-o de volta na mesa.

— Não vai responder? — pergunto intrigada.

— É minha amiga Susana, aquela que me ajudou a procurar você. Se eu responder e disser que você está aqui, ela vai me colocar no terceiro grau — sorri divertida — ligo para ela mais tarde, não se preocupe.

— Como quiser.

Dou de ombros e Vega continua a responder minha pergunta anterior.

— Eu estava bêbada naquela noite, bebi demais e pensei que isso poderia ter influenciado tudo o que eu sentia por você. Você me acordou muitas coisas, Ailén, desde a curiosidade até um formigamento no peito e uma excitação entre as pernas que me deixou muito inquieta.

— E ainda assim se conteve — aceno em choque — eu realmente nunca tive que me controlar tanto com alguém como eu tive com você naquela noite. Juro que teria te encurralado praticamente desde que te vi, mas você estava tão constrangida.

Vega cora até o topo de sua cabeça, e eu gosto disso também.

— Não era seu casamento, o que estava fazendo lá? O seu te aborreceu?

— Nem um pouco — respondo com sinceridade — estava me divertindo muito, no entanto, houve um momento em que fiquei sobrecarregada por estar cercada por tantas pessoas. Eu precisava respirar um pouco de ar fresco e me desconectar por alguns minutos de todo aquele barulho, então saí para o jardim e comecei a caminhar. Quando percebi que estava no seu, mas vi aquele banco vazio e escondido das pessoas e parecia um bom lugar para sentar e tirar aqueles minutos que eu precisava para mim.

— E eu estraguei você — diz ela com uma careta.

— Pelo contrário, quando apareceu fiquei fascinada em vê-la. Você tinha algo que me cativou e ainda tem. De repente tudo ao meu redor desapareceu para focar em você, esqueci do outro casamento porque cada minuto que passei com você voou como um segundo.

Vega engole em seco depois da minha confissão e coça o cabelo nervosamente. Não quero que ela volte a esse estado tenso, preciso que continuemos conversando e esclareçamos o que está acontecendo entre nós de uma vez por todas.

— Você não me respondeu, por que estava me procurando?
— insisto, afinal nos desviamos do assunto e ela não terminou
de responder minha pergunta.

— Precisava verificar se tudo o que sentia por você quando
estava meio bêbada, também sentiria quando estivesse serena
— ela reconhece, suspirando.

— E você sente?

Essa pergunta me deixa em pânico, mas a resposta dela, mas
tenho que fazer ou encontrar Vega não fará sentido algum.

— Multiplicado por mil — diz ela categoricamente.

— Uau — exclamo aliviada.

— E você? Como me achou?

— Bem, minha aventura não foi tão emocionante quanto a
sua — admito com uma expressão derrotada — vi você sair do
hotel no dia seguinte.

— Está falando sério? Pensei que já tinha ido embora —
diz surpresa.

— Eu ia, já estava no meu carro quando vi você sair.

— E por que não me contou nada? — pergunta meio
irritada.

— Não sei, Vega. Eu estava com uma ressaca séria e tinha
visto você tão tensa no final da noite que pensei que me
aproximar naquele momento não era uma boa ideia. Então
anotei a placa do seu carro — digo fazendo seu queixo cair
novamente — tenho um grande amigo que trabalha no
trânsito, meu plano era dar a ele e pedir para me dizer a quem
pertencia o carro, mas virou que quando liguei ele estava de
férias e não conseguiu me ajudar.

Vega começa a rir, não sei se porque acha que meu plano é uma porcaria ou porque se diverte por não ter saído como eu queria.

— E então?

— Deixei passar alguns dias, pensei que talvez estivesse sendo muito impulsiva e que o álcool pudesse ter muito a ver com o que eu sentia, assim como aconteceu com você. Concentrei-me em trabalhar e ocupar meu tempo à tarde com várias coisas, até que na semana passada tirei minhas férias e a espera tornou-se insuportável.

Vega me olha com expectativa, e eu só quero terminar nossa conversa para que eu possa desnudá-la novamente.

— Contratei um detetive particular — deixo escapar, fazendo-a cair na gargalhada.

— De verdade? — pergunta sem parar de rir.

— É. Cada um tem seus recursos, nunca me teria ocorrido fazer tudo o que você fez, mas encontrei você e é isso que importa.

— Deve ter lhe custado uma fortuna.

— Valeu cada euro que paguei — digo, dando-lhe um beijo na bochecha.

E não estou mentindo, me aproximo dela, que parece desnorteada com minha resposta, e lhe dou um daqueles beijos que tiram o sentido. Vega se levanta e me puxa para o sofá novamente.

— Vamos nos ver todos os dias? — pergunta quando descemos.

Agora ele me monta e me observa da altura que sua posição lhe dá, esperando por uma resposta.

— Espero que sim, Vega Ferrer.

Ela sorri e se inclina sobre mim, descansando as mãos em cada lado da minha cabeça. Seus gestos de dominação me excitam muito, porque não parece, é um traço puramente sexual que se desencadeia nela em momentos assim, e que me faz palpitar.

Vai dar certo com Vega? Eu não tenho ideia, mas tenho procurado por ela e ela tem procurado por mim, e isso deve significar alguma coisa.

FIM